徒然草

［日］兼好法师◎著

陈秉珊◎译

浙江工商大学 出版社
ZHEJIANG GONGSHANG UNIVERSITY PRESS
·杭州·

图书在版编目（CIP）数据

徒然草 /（日）兼好法师著；陈秉珊译 . —杭州：
浙江工商大学出版社，2024.7
ISBN 978-7-5178-5820-1

Ⅰ.①徒… Ⅱ.①兼… ②陈… Ⅲ.①随笔—作品集
—日本—中世纪 Ⅳ.① I313.63

中国国家版本馆 CIP 数据核字（2023）第 231389 号

徒然草
TURAN CAO
［日］兼好法师 著　陈秉珊 译

策划编辑	姚　媛
责任编辑	董文娟
责任校对	韩新严
封面设计	屈　皓
责任印制	包建辉
出版发行	浙江工商大学出版社
	（杭州市教工路 198 号　邮政编码 310012）
	（E-mail：zjgsupress@163.com）
	（网址：http://www.zjgsupress.com）
	电话：0571-88904980，88831806（传真）
排　版	杭州彩地电脑图文有限公司
印　刷	杭州高腾印务有限公司
开　本	880 mm×1230 mm　1/32
印　张	11.25
字　数	166 千
版印次	2024 年 7 月第 1 版　2024 年 7 月第 1 次印刷
书　号	ISBN 978-7-5178-5820-1
定　价	68.00 元

变化不定的世界最美！

难道樱花只在盛开之时最美，

月亮只在晴朗的夜最迷人吗？

细雨蒙蒙里，依恋隐于云中的月；

深居家中，不知春天已悄然远去，

想来亦有无限的情趣……

译者序

　　《徒然草》是日本中世文学名著，代表着日本古典随笔的最高成就。自江户时代至今，其是最受日本人喜爱、与日本人最亲近的古典文学作品之一。作者兼好法师，出身于神道世家，在俗时的本名为卜部兼好，因曾居住在京都吉田，故有后人称其为吉田兼好。关于其生平，并无明确的可查资料，世人知之甚少。一般认为，他生于弘安六年（1283），殁于观应元年（1350），即生存于日本从镰仓时代向室町时代过渡的南北朝时期。

　　青年时期的兼好，曾在朝廷任职，经六位藏人至左兵卫尉，同时，在后宇多上皇御所任北面武士，熟谙上层社会，通晓朝廷的礼仪政务、典章制度。三十岁左右出家，曾隐居于天台宗发源地比叡山，出入隶属真言宗的仁和寺，其思想属旧佛教体系，但并非偏执于此，亦接触该时代渐盛的净土宗，涉猎禅僧语录，将其格言警句有机地融入《徒然草》中。在世期间，他作为法体歌人有了相当的名气，著有歌集《兼好家集》。

《徒然草》共二百四十三章段，长短不一，内容包罗万象，集趣味性、故事性于一体。书中体现了作者广阔的视野、丰富的知识阅历及涵养，以及作者对自然与人世间的种种物象的深邃思考及富有见地的观点。既有幽默诙谐、引人入胜的故事，也有对世俗尖酸刻薄的描述；既有对往昔的追忆、对王朝美学的赞美，也有对追求现实利益及实用主义的宽容。其中很多章段有深刻的启迪作用，可引人深思，令人受益匪浅。尤其是对于人的欲望、人心的反复无常及人性的不可思议，作者都有其独特的、深邃透彻的观察。伴随着观察的深入细致，作者本人的精神面貌也在发生着变化，其变化并非直线型的，而是充满了矛盾的。其矛盾有时体现在现实与理想的碰撞中，有时则表现在悲观与超脱的反复中，而这些矛盾也正是《徒然草》的妙趣所在。

《徒然草》是汲取古代思想与知识精华，并将其融汇为一体的优秀随笔文学作品，除《源氏物语》《枕草子》等日本古典文学作品外，中国的经书、史书占绝大多数。作者尤亲近《文选》《白氏文集》《老子》《庄子》等书，并将其视为自己爱读的书。《徒然草》中融合了儒释道思想，此书也是最早践行老庄式人生的作品。兼好法师在吸收外来优秀文化方面有其独特之处，不像其他作品中那样只是机械地引用，而是在消化吸收之后，使其完全成为自己作品的血肉。在日本文学中，《徒然草》可谓是吸收、融入中国文化元素最多的作品。

　　作为隐者文学，《徒然草》在日本文学史上独具魅力。兼好法师不同于史上的其他隐者，其出家隐遁有诸多因素，而起决定性作用的是其"无常"观。日本文学史中，《徒然草》是最典型的反映"无常"观的作品，兼好法师通过执笔《徒然草》，不断思索自然的"无常"、人世的"无常"及人心的"无常"。兼好法师的"无常"观有其特殊性，不像《源氏物语》等作品中所反映的"无常"观那样消极悲观，其始终在变化不定的"无常"中观察世界，认为"变化不定的世界最美"。兼好法师乃深谙世事的求道者，他总是站在旁观者的立场观察世间，用通透的目光凝视着为生存而奔波的世俗之人，是对事物具有独特认识和深刻领悟的隐者。

兼好法师的自然观亦有其独特性，从季节变迁中感知时间的不可逆性，从花开花落、月圆月缺中体会残缺美。兼好法师的自然观基于日本传统的美意识"物哀"，基于其"无常"观，具有内在和外在的双层性。兼好法师处处着眼于人，处处谈论人应该如何活，处处用充满悲哀且通透的目光凝视在"无常"现实中求得生存的芸芸众生，认为只有在自然状态下，人心才能得以平静，才能摆脱奢华的物质生活的侵蚀，超越世俗，超越自我，追求真正意义上的生活。这种生活或许没有物质上的享受，却能带来精神上的愉悦。

《徒然草》虽是六百多年前的古典作品，但很多章段发人深省、耐人寻味，今天读来，仍有深刻的启发意义，其中很多内容、表述通用于现代社会。想来这也是此书长期深受读者欢迎的主要原因。作为《徒然草》多年的热心读者及研究者，笔者反复读了多遍，每次读都有新的感觉。这部随笔作品，笔者断断续续译了近二十年。通过对每个词、每句话的细致调查，反复推敲，核对修改，笔者对原著有了较为深入的了解，同时愈加感受到该作品的魅力。于是，笔者以为，研究外国文学作品须与翻译结合。翻译与研究相辅相成，不能准确地翻译，便不能深入细致地研究。同样，不能深入细致地研究，便不能准确地翻译。翻译是再创作，通过翻译，笔者感觉拉近了自己与这部古书的距离，也仿佛完成了一部属于自己的《徒然草》，感觉超越了时间，超越了国界，使这部古书成为身边读物，为今后的研究提供了较为清晰的思路。

由于笔者水平有限，难免出现译词不当或误译之处，恳请广大读者予以批评指正。

陈秉珊

2023 年 2 月

目　录

目　录

目 录

目
录

序　段

　　孤独、倦怠、无聊中，我终日对砚漫笔，写着那些萦绕于心、不着边际的如烟往事，连自己也感到有些痴狂。

第一段

　　人生于世，所愿何其多！

　　御门①之尊，至高无上，其后代亦非人间凡种，令人望而生畏，不敢奢望。一人②之位，自不待言，即使一般朝臣贵族，出入皆有舍人③相随，令人刮目相看，望尘莫及。其子孙之辈，纵然权位旁落、家世衰微，亦不失风雅。与之相比，身份卑微者，即使逢时得势，自命不凡，在别人眼里，亦微不足道。

　　世间最寒酸者，莫过于出家人。清少纳言④说："世人眼中，出家人如木屑。"此喻甚妙。身为出家人，即使众生仰慕，名声远扬，亦不值得赞誉。增贺⑤曾坦言：对出家人而言，名声乃烦恼之源，热衷名利，即违背佛旨。淡名利，远尘世，方令人钦佩。

　　世人皆渴望自己容貌不凡、风采卓然；皆愿与言谈得体、和蔼可亲者接近。然世上多有仪表不凡、相貌堂堂者，其言谈举止庸俗不堪，实令人惋惜。

身份、容貌与生俱来，人品、修养可经后天塑造。相貌、性情虽好，若无学识，终将归于卑微庸俗者之类，遭世人鄙夷藐视，想来实在遗憾。

男人，应擅诗歌、通音律、悉章典、知礼节、为人师。若字迹清秀、文笔流畅，宴会致辞，声音优美，被劝酒时，虽面呈难色，却足以应酬者，尤有魅力。

①御门：天皇。

②一人：摄政关白。相当于丞相、宰相的职位。

③舍人：随身护卫。

④清少纳言（约966—约1025）：平安中期著名女作家，与紫式部、和泉式部并称"平安时代三大才女"，代表作为《枕草子》。

⑤增贺：增贺上人（917—1003），天台宗高僧，隐遁于大和国多武峰，传说其不慕名利，多奇行。

第一段

第二段

　　忘记古时圣德天子治世之道，不闻黎民百姓疾苦怨声，不知国之大厦将倾，一味追求富贵奢华，且引以为荣，妄自尊大，如此执政者，怎不令民众失望？九条殿①在对子孙的遗训中劝诫："外出时切勿过于奢侈，自衣冠至车马，使用现有之物最好。"顺德院②曾著书记载宫中诸事，其中如此表述："天皇日常着装，以简朴为上。"

---

　　①九条殿：藤原师辅（908—960），曾任右大臣，著有《九条殿遗诫》。

　　②顺德院：顺德天皇（1197—1242）让位后的称呼。承久三年（1221）让位。院为上皇、法皇所居之处，后被用作对上皇、法皇的尊称。

第三段

　　男人，即使才华出众，若不解男女之情，便不足道，犹如无底的精美酒杯。

　　为爱彷徨困惑，不顾朝露寒霜，辗转奔波，不辞辛苦；担忧父母责备，忌惮世间非难；终日思虑，长夜难眠。此可谓爱之情趣。然不可一味沉湎于情，令女人轻视鄙夷。

第四段

不忘来世，心系佛道，实谓高雅。

第五段

身遭不幸，深陷忧患，却不轻率出家。闭门蛰居，深居简出，淡泊度日，乃理想之态。显基中纳言[1]曰："身在流放地，愿以无罪之心赏月。"此言发人深思。

---

[1]显基中纳言：源显基（1000—1047），后一条天皇之近臣，长元八年（1035）被任命为权中纳言。中纳言乃日本古代官职，主要负责传达天皇敕令，上奏臣下意见。

第六段

人不分高贵卑贱，不生儿育女最好！

前中书王[①]、九条太政大臣[②]、花园左大臣[③]皆出身名门，皆愿断绝后代。《世继翁物语》[④]中，记载染殿大臣[⑤]所言："无子孙，实为人生之幸；子孙劣于长辈，乃人生之憾。"圣德太子[⑥]生前在为自己建造陵墓时，曾如此叮嘱："墓地周围，勿留空地，吾欲断子绝孙。"

---

①前中书王：中务卿兼明亲王（914—987），醍醐天皇之子，又称中书王。

②九条太政大臣：藤原伊通（1093—1165），永历元年（1160）官至太政大臣。因其官邸在九条，故

称九条太政大臣。

③花园左大臣：源有仁（1103—1147），后三条天皇之孙，辅仁亲王之子，曾任左大臣，后出家。因其官邸在花园，故称花园左大臣。

④《世继翁物语》：日本著名历史物语《大镜》的别称。

⑤染殿大臣：藤原良房（804—872），曾任太政大臣，因其宅邸称染殿，故称染殿大臣。

⑥圣德太子（574—622）：用明天皇之子，飞鸟时代政治家，曾在日本大力弘扬佛教。

第七段

　　若嵯峨化野①墓地的朝露永不消失，鸟部山②火葬场的烟雾永不消散，世人亦不老不死，世上还有何情趣可言？变化不定的世界最美。

　　综观世间生物，人可谓长寿者。蜉蝣朝生夕逝，夏蝉不知春秋。与其相比，人若快活生存一年亦该满足。对贪生者而言，寿至千年亦短暂如梦。人终将离世，渴望长寿者，等待的是年迈后的丑陋容颜。寿则多辱，人不宜活过四十，年过四十，容颜将逐日衰老，羞耻之心日渐淡薄，贪婪之心则一味增长。已近垂暮之年，却终日为子孙操劳忧虑，祈求他们出人头地，这如何能感悟人生情趣？

①化野：位于京都嵯峨野深处、爱宕山的山麓，古时为墓地。

②鸟部山：位于京都近郊东山，是自古以来有名的火葬场。

第七段

第八段

最蛊惑人心的，莫过于色欲，说来，人极为愚蠢。

明知熏香乃装饰外表之物，只是暂时附于服饰之上而已，然闻其味便心神荡漾。凌空的久米仙人[①]俯瞰人间，窥见河边洗衣女的白皙大腿，便心生色欲，瞬间失去神通力，自空中坠落。女人肌肤的柔滑丰润，会刺激男人的感官，难怪仙人亦受其蛊惑。

[①]久米仙人：传说中的人物，《扶桑略记》《今昔物语》《元亨释书》等日本古书中有记载。

第九段

男人心目中，长发女人似乎别有魅力，然其人品性情，会溢于言表，即使隔帘帐，不见其容颜，只闻其声音，亦可推断。女人的细微动作，有时会迷惑男人。女人不贪睡，甚至不惜生命，甘愿忍受常人难以忍受之苦，皆为爱而展示自身完美。

男人贪恋爱欲，说来根深源远。刺激欲念因素虽多，皆可凭毅力克制，唯独爱欲难阻，不分老少、智愚。女人头发拧成的缰绳，可拴住力大无穷的公象，女人木屐制成的乐器，可吸引秋季发情的雄鹿。男人须时时自我劝诫，小心谨慎，免受爱欲之惑。

第一〇段

住宅，可反映主人品位。理想的住宅，即便是临时居所，亦别有情趣。

懂情趣、有涵养者，夜晚洒落在其宅邸庭院的月光亦非寻常。住宅虽不时尚，然庭木等尽显古雅；花草虽未修剪，却不失自然之美。铺着踏板的套廊、树枝编织的篱笆、随意摆放的器皿，皆古朴典雅。与此相反，经工匠精雕细琢、连草木亦被刻意修剪的住宅，虽然国内外珍奇物品琳琅满目，豪华考究，却毫无自然美感，在懂情趣、有涵养者看来，庸俗至极。如此住宅，若遇火灾，将瞬间化为灰烬。观住宅，可知主人品位。

后德大寺大臣①，为防鹰落宅邸，拉绳阻止，西行②见之，愤懑不平，说："鹰落宅邸又有何妨？大臣之度量竟如此狭隘。"从此未再造访。后来,我目睹绫小路宫③之小坂宫殿中亦拉着绳索,且闻此乃主人为防乌鸦啄食池中青蛙,感叹之余,想起后德大寺大臣拉绳阻鹰一事,心想,大臣之举或亦有其因。

---

①后德大寺大臣:藤原实定(1139—1191),《新古今集》代表歌人之一,历任内大臣、右大臣、左大臣。因其祖父藤原实被称为"德大寺左大臣",故其被称为"后德大寺大臣"。

②西行:原名佐藤义清(1118—1190),平安镰仓时代著名歌僧。

③绫小路宫:龟山天皇之第十二皇子性法惠亲王。

第一〇段

第一一段

深秋某日，我途经栗栖野，前往某山庄。穿过曲折的青苔小径，眼前忽现孤零零的草庵，四周寂若无人，只闻枯叶覆盖的竹筒中传出滴水声响。阏伽棚①上，残留着菊花与红叶，可知草庵内有人居住，想到主人在此荒凉沉寂的乡野蛰居度日，不禁感慨。

庭院内，一株橘树果实累累，周围篱笆环绕，如防盗贼，目睹此景，不免扫兴，心想，若无此树该有多好！

---

①阏伽棚：阏伽为梵语，指佛前放置的盛有净水容器的木架。

第一二段

趣味相投者，闲时开怀畅谈世间的风雅与无常，彼此聊以慰藉，该是何等愉快！然世间知音难觅，与他人对坐交谈，总要谨言慎行，以免刺激或伤害对方，想来与孤身独坐无异。交谈中，若对某人所言持有异议，能坦诚相待，直言不讳"我并不如此认为"，然最终仍会达成默契，亦可抚慰彼此内心，共享交谈乐趣。而事实上，总担心因出言不逊而伤害对方，于是，说些无关痛痒的话，如此交往，无聊至极。

第一三段

　　静夜里，独自灯下读书，与未曾谋面的古人为友，乃最好的精神寄托。我爱读的中国古典有：《文选》^①各卷中感人至深的章段、《白氏文集》^②、老子警句^③、南华篇^④。古代日本文人的著述中，亦多有引人入胜、富有情趣之作。

---

　　①《文选》：梁武帝之长子——昭明太子萧统（501—531）主编的作品集，汇集了自周到梁两个朝代作家的诗赋、文章，共三十卷（今本为六十卷）。推古天皇时代传入日本，作为古典教养书，长期深受读者青睐。

---

②《白氏文集》：白居易的诗文集。自平安时代传入日本，是日本人用以提升文学修养的代表作。

③老子警句：《老子》，亦称《道德经》，由上下篇八十一章构成，史称五千余言。

④南华篇：《庄子》，战国时代庄周及其弟子所著，现行本三十三篇。庄子在唐代被尊为"南华真人"，故该书又被称为《南华真经》。

第一四段

　　和歌情趣高雅，即使出身卑微的百姓、山野樵夫，若用和歌[①]吟咏日常琐事，亦会趣味横生；即便是狰狞的野猪，若将其巢穴咏作"猪之卧床"，亦有优雅俏皮之感。

　　当今的和歌，尽管有其特色优点，然不知为何，总感缺少古时和歌的旋律韵味。贯之[②]歌"丝非搓而成"，被视为《古今集》[③]中劣作，然即便是此歌，如今的诗歌亦难以超越。《古今集》时代诸多诗歌，其风格与表达，与此歌不分伯仲，然唯有此歌蒙受非难，实在令人费解，岂不闻，《源氏物语》[④]中亦有歌出典于此？

　　《新古今》[⑤]中，"独立峰巅上，松树亦孤寂"一首，亦被归为劣作。此歌的确结构松散，缺少余音韵味，尽管如此，仍获歌界认可。《家长[⑥]日记》中，记载着此歌深受后鸟羽院推崇。有人说，当今歌道无异于往昔，对此，我不赞同。今人作歌，尽管措辞、歌枕⑦与古人无异，风格却迥然不同。古人作歌用词，从不刻意追求技巧，情感流露真挚自然，皆有感而发，歌调优美风雅，意味深长。《梁尘秘抄》⑧中，很多歌谣的词句，读来动人心弦、富有情趣。难道古人随意吟咏之作，听来皆有别样的韵味？

---

①和歌：古代日本特有的诗歌。广义上的和歌包括长歌、旋头歌、佛足石体等；狭义上的和歌有五、七、五、七、七型的三十一个假名，俗称三十一文字。

②贯之：纪贯之（约868—约945），平安初期代表性歌人，三十六歌仙之一。著有《贯之集》《土佐日记》等。

③《古今集》：《古今和歌集》，日本第一部敕撰和歌集，成书于延喜五年（905），纪贯之为其编撰者之一。

④《源氏物语》：平安时代长篇小说，成书于

十一世纪初，共五十四帖，以描写宫廷生活为主。被誉为日本古典文学的最高峰，作者紫式部。

⑤《新古今》：《新古今和歌集》，由后鸟羽天皇主持，源通具、藤原有家、藤原定家、藤原家隆等人编纂，于元久二年（1205）完成的和歌集。

⑥家长：源家长（1170—1234），镰仓时代歌人。

⑦歌枕：和歌中的一种修辞方式，经常用于被吟咏过的各地名胜。

⑧《梁尘秘抄》：平安末期歌谣集，由后白河天皇编撰。

第一五段

　　无论何处，短暂的出游，总让人耳目一新。漫游于田舍乡间，映入眼帘的，多为平日罕见的新鲜事物。托人捎至京城的书信中，叮嘱对方择时将该办之事办好，别有情趣。

　　人在旅途，身边诸事，皆引发关注。随身携带之物，尽显别致高雅；容貌俊美者，亦感格外动人。悄然参拜，短暂停留于当地的寺院神社斋戒祈祷，亦有别样情趣。

第一六段

神乐①高雅，富有情趣。

就音质而言，笛与筚篥②最佳，而百听不厌者，乃琵琶与和琴③。

---

①神乐：泛指在神前演奏的音乐，这里特指宫中内侍所的御神乐。神乐于每年十二月之吉日演奏。由笛、筚篥、和琴合奏，并伴有歌舞。

②筚篥：自中国传入的一种九孔竖笛，用于雅乐。

③和琴：日本的一种传统的六弦琴，琴体多用桐木制作。

第一七段

置身于深山古寺，专心侍佛时，便不感无聊寂寞，烦恼亦会自然消除。

第一八段

　　生活简朴，不慕奢华，不贪钱财，不求名利，乃高尚之人。古来圣贤少有富翁。

　　古代中国，有隐士名许由，家境贫寒，平日手捧饮水，有人送瓢给他。某日，瓢挂于树上，被风吹得直响，许由感觉吵闹，索性将瓢丢弃，又开始手捧饮水，感觉如此方惬意舒心。另有隐士孙晨，家贫如洗，冬季以麦秸为床被，夜晚铺开，清晨收起。中国人敬仰其高尚，将其载入史册，世代传颂，然日本人似乎从不谈论此类故事。

第一九段

季节变迁，情趣无限。

都说秋季最富情调，此言不无道理，然最激荡人心的，乃春日景象。鸟儿悦耳的啼声，尤有春的气息。和煦的阳光下，墙根的小草吐绿萌芽。春意日浓，云蒸霞蔚。绽放不久的樱花，若遇连日风雨，便匆匆落英。撩人的春意，直到树木披上绿装。橘花芬芳惹人怀旧；梅花清香引人追昔；棣棠花清丽纯洁；紫藤花含蓄娇柔。万物各具情态，耐人寻味。

灌佛①、贺茂②始于四月，此时正值嫩叶时节。自然万物，清新舒爽，情趣盎然，令人流连忘返。五月，家家户户屋檐下悬挂着驱邪的菖蒲，稻田里一派插秧景象，水鸡如叩门般的啼声，令人心生一抹凄凉。六月，农家的篱笆围墙上，洁白的葫芦花浮于夜色中，驱蚊的熏烟洋溢着生活的气息，月末之被③，充满了季节的情趣。

七夕祭典优雅，此时夜凉如水，大雁南渡，荻叶转红，早稻入场，富有情趣的景象多见于秋季。台风过后的翌日拂晓，亦别有情趣。《源氏物语》《枕草子》等古书中，对此早有言及，然同样的话，并非不可重复。想说的话不说，闷在心里难受。此文乃随意而书，仅为无聊时的慰藉，本该丢弃，故不值一读。

言归正传！虽说冬季萧条寂寥，然有别样的情趣，并不逊于秋日。清晨，散落于池边衰草上的红叶，覆盖了薄薄的白霜；庭院溪水间，寒烟弥漫，尤有诗情画意。年关迫近，人们奔走忙碌，此情此景，令人感慨无限。腊月二十日后，月不当令，无人观赏。月光透着寒气，苍凉冷清。御佛名④之仪式、荷前使⑤之始发，场面庄严肃穆。此时，朝廷政务繁多，又要兼备迎春诸事，忙碌的情景非比寻常。自除夕夜的追傩⑥至元日⑦的四方拜⑧，各具情趣。除夕之夜，人们手持松明，挨家敲门，四处奔走，雀跃狂欢，直到夜半三更。

拂晓时分，四周平静如初，意味着一年终结的此时，总让人心生伤感。传说除夕之夜，故人亡灵回返，生者为其祈祷冥福。此类祭祀活动，在京城已不复存在，然关东地区依然盛行。元日的清晨，本与前日无异，却总有别样的感觉。京城的大街上，各家立着门松，洋溢着新年的喜庆，情趣无限，耐人寻味。

①灌佛：又名佛生会，指农历四月初八释迦牟尼佛诞生日的法会。

②贺茂：这里指农历四月中酉日举办的贺茂祭日。因头冠、牛车、看台等用葵花装饰，故又称葵祭。

③祓：农历六月三十日举办的神事，用以除灾求福。

④御佛名：农历十二月十九日至二十一日在宫中举办的佛事。

⑤荷前使：农历十二月的吉日，朝廷遣使将各地进贡的新米新果选送皇室陵墓用以祭奠。

⑥追傩：日本宫廷举办的除夕驱鬼仪式。宫中近侍用桃木弓和苇箭射鬼，民间炒豆驱鬼。源自中国，由遣唐使传入日本。

⑦元日：农历正月初一。

⑧四方拜：日本的传统仪式，正月初一拂晓，天皇亲自拜天地四方以消灾祈福。

第二〇段

　　某遁世者坦言："对身无牵挂者而言，最难割舍的，莫过于即将流逝的光阴。"对此，我亦有同感。

第二一段

　　赏月，可忘却世间烦恼，内心获得暂时慰藉，然而，当有人感叹"月最富情趣"时，有人反驳道："朝露才有情调。"此争论别有趣味，只要时机适宜，万物皆可引人感怀。

　　花月自不待言，风亦情趣无限。遇岩石分流的溪水，四季清澈透明，有诗云："沅湘日夜东流去，不为愁人住少时。"①此诗别有韵味，感人至深。嵇康②曰："游山泽，观鱼鸟，心甚乐之。"逍遥于远离尘世、水清草美的自然中，最为神清气爽。

---

　　①沅湘日夜东流去，不为愁人住少时：出典于《湘南即事》，作者戴叔伦，中唐时期诗人。

　　②嵇康（224—263）：三国时期魏国人，竹林七贤之一。

第二二段

古时之物，总引人赞叹不已；当今之物，却庸俗不堪。木制器皿，古物总是尽显优雅。书信亦如此，昔日之信笺，虽质地粗糙，却别致脱俗。当今，连日常用语亦变得俗气十足。古时所说的"起车""挑火"，如今被说成"抬车""拨火"；古时所说的"清点主殿寮①人数"，如今被称为"点亮火把"；天皇聆听最胜讲②之所，原本为"御讲之庐"，如今被说成"讲庐"。某通晓古语的长者感叹道："实在可悲！"

①主殿寮：宫中官署。掌管天皇的乘轿、沐浴，以及宫廷的洒扫、灯烛、庭燎等事务。

②最胜讲：朝廷召请僧侣在清凉殿讲说《金光明最胜王经》，以祈祷天下太平的法会。

第二三段

当今虽是衰微的世纪末，皇宫却未染俗尘，依然庄严肃穆，此诚可喜可叹。紫宸殿与仁寿殿间的露台，清凉殿内天皇用膳的堂室，虽有所耳闻却未曾目睹，然闻之便感高雅别致。清凉殿内的板窗拉门，由小板铺设的地面，虽无异于百姓人家，然皇宫的却别具一格。宫中所说的"备灯火"，听来庄重；御殿中的"速掌灯"，闻之优雅。上卿安排的宫中事宜自不待言，连侍奉各役所的差役们奔走忙碌、不顾夜寒席地而卧的情景，亦有别样情趣。德大寺太政大臣[①]曾感叹道："内侍所[②]的钟声，听来格外优雅。"

①德大寺太政大臣：藤原公孝（1253—1305），乾元元年（1302）升任太政大臣。

②内侍所：亦称贤所，指安放神镜的温明殿。因由内侍司的侍女负责掌管而得此名。

第二四段

　　斋宫①深居野宫②，情景幽雅别致，动人心弦。为避用"经""佛"等词，代之以"中子③""染纸④"，亦别有一番情趣。神社内，肃穆寂静，古色苍然。栅栏环绕四周，木棉⑤挂满榊树，此情此景，独具一格。神社中，最富情趣的有伊势、贺茂、春日、平野、住吉、三轮、贵船、吉田、大原野、松尾、梅宫等。

---

　　①斋宫：天皇换位之际，侍奉于伊势神宫的未婚皇女（内亲王）、女王。

　　②野宫：被委任斋宫的皇女（内亲王）、女王在正式赴伊势神宫前，斋戒一定时间所住的临时宫殿。

---

③中子：因将佛像安置在厨中而如此称呼。

④染纸：因用来抄写经文的纸一般要染成黄色或蓝色而如此称呼。

⑤木棉：用楮树纤维制成的布，将其挂在榊树枝上，当作币帛。

第二五段

　　正如飞鸟川①的深潭变浅滩，世间万物流转无常。沧海桑田，时移世易，欢乐与悲哀纷至沓来。曾经一度繁华热闹的街道，而今却是荒凉沉寂的旷野；昔日别致幽雅的住宅，今已物是人非。尽管桃李一如往昔，春华秋实。然这些生灵不与人共语，无法与之共叙往日之情。目睹昔日达官显贵的深宅旧址，倍感世事无常。

　　京极殿②、法成寺③，其修建经过尚有记载，然昔日的宏伟建筑，如今早已面目皆非。目睹残垣断壁，怎不令人悲伤哀叹？遥想当年，道长向朝廷捐赠大量庄园，使自己的家族成为天皇唯一保护者，他本人则作为重臣，掌握国家实权，为谋世代荣华，兴建了法成寺，然而，昔日象征繁华的寺院，如今却是一片荒凉的废墟。

　　正和年间，寺院正门被烧毁，本殿倒塌，从此未及重建。仅无量寿院尚存。院中有九尊佛像，一字排开，佛像高一丈六尺，形态雍容高贵。行成大纳言④书写的匾额，兼行⑤在门楣上的题字，仍清晰可辨。然究竟能保留至何时，无法断言，或许不久便会消失。而更多的寺院神社，如今只存残骸碎片，那里曾是怎样的建筑？有过怎样的辉煌？后人无从知晓。世事变幻莫测，无论何事，做长远打算，皆为徒劳之举。

---

①飞鸟川：流经奈良县高市郡飞鸟村一带的小河，因四面环山，多发洪水，河流的状况等经常变化，被人们视作世间无常的范例。

②京极殿：平安中期摄政关白藤原道长（966—1027）的宅邸。

③法成寺：由藤原道长创建的位于京极殿东侧的大寺。

④行成大纳言：藤原行成（972—1028）。藤原道长摄政期间，藤原行成以多才多艺而闻名，官至权大纳言，与藤原道长同日而逝。藤原行成长于书法，与藤原佐理、小野道风并称"三迹"。

⑤兼行：源兼行，生卒年不详，以书法闻名于世。

第二六段

　　人心易变,恰似被风吹打的花,风未止便纷纷飘落。回首沉醉于爱河的岁月,那些感人肺腑的誓言,至今仍铭刻于心。如今她已为人妻。世事无常,令人痛心无奈。难怪古人目睹白线染色而悲伤,见大路分岔而哀叹。《堀河院百首》^①中,有歌意为:昔日常访的某家,如今满目萧条,丛生的杂草中,只有紫罗兰在寂寞中绽放。

　　想必现实确实如此。

---

　　①《堀河院百首》:堀河天皇康和年间(1099—1103),由藤原公实、大江匡房、源俊赖等人,围绕春、夏、秋、冬、恋、杂选题,各写百首而编成的和歌集。

第二七段

天皇让位日，最令人感怀之时，乃移交三神器①之后。

新院②退位的春天，某人所咏的一首和歌，叹尽了人世悲凉，其歌词大意为：主殿寮的杂役，得知新院退位，便敷衍其职。庭院无人清扫，地面一片落花。新帝继位之初，公务极其繁忙，宫廷热闹非凡，而新院宅邸却无人来访，异常冷清。此时此刻，最感人心无常。

---

①三神器：日本视为国宝的剑、玺、神镜。

②新院：退位的花园上皇。

第二八段

　　谅暗①之年，皇宫充斥着哀感。天皇服丧临时下榻的御所——倚庐，铺粗糙地板，挂简陋苇帘，情景非比寻常。装饰苇帘的布帽额异常简易，所用物品也极其素朴。前来参拜者的装束，腰挎的刀鞘，连刀鞘的装饰物亦与平日不同，尽显肃穆庄重。

---

　　①谅暗：天皇为父母服丧期间。

第二九段

静心回顾往昔，不禁感伤哀叹。

为抚慰长夜寂寞，夜深人静时，整理身边杂物，偶见故人书画字迹，便沉浸于往昔追忆。即使是在世者之书信，多年后重读，亦会引发无限感慨，何况是永别者？斯人已作古，而生前所用物品依然如故，睹物思人，怎不感怀？

第三〇段

人刚离世时，最是充满悲伤！

中阴①之时，遗族们临时下榻于郊外山村，聚集在狭窄的山寺里，为逝者祈祷冥福。忙乱中，时光匆匆流逝。最后一日，人们迫不及待地整理行装，在缄默中各自离去。此情此景，倍感世态炎凉、人情冷漠。遗族们返回家中，睹物思人，不胜悲伤，然想到会给生者带来不吉，于是谨言慎行。如此悲痛之日，仍介意殃及自身，怎不厌倦人心？

常言道："去者日以疏。"岁月流逝中，逝者与尘世的因缘逐日淡去，在世者虽难忘怀，却无当初那般悲痛伤感，有时还会因无聊之事而窃笑。逝者被葬于渺无人烟的深山，除忌日外，平日无人造访。于是，墓碑生苔，墓体积满落叶，夜里只有风月相伴。曾为死者送行的人在世时，偶然忆起当年，尚能感伤落泪；若知情者亦离开人世，后人只能通过传闻，获悉故人生前的故事，却不能引发悲伤。岁月流逝中，若连扫墓风俗亦消失，则无人知晓墓中为何人，只有周围丛生的野草、墓边耸立的老松，偶尔引发世人的感慨。老松不待千年被砍伐，古坟被犁为农田，遗址便从此荡然无存，这如何不令人悲伤哀叹？

①中阴：人死后四十九天之内。

第三一段

　　雪花纷飞的某日凌晨，因急事，派人捎信与某人，信中未言及雪。于是，对方复信道："关于今晨的降雪，竟只字未提，实令人扫兴！如此缺乏常识，不谙情趣者，其书信，怎会有心拜读？"此言耐人寻味。斯人今已作古，然此事却难忘怀。

第三二段

九月二十日夜，我应友之邀，二人一同赏月漫游，直到翌日拂晓。途经某宅门前时，友想起往事，于是托人转告入内，我于户外等候。落满朝露的庭院，荒凉冷清，唯有熏香飘散，不绝如缕，似乎并非刻意为来客燃烧。主人避世幽居之情景，令人感慨不已。

时隔不久，友自户内出现，我躲于暗处观察。但见女主人送客后，半掩门扉，探身望月。我有感于女主人此举，不由得心想，若送客后即刻入内，将是多么令人扫兴！女主人并未察觉身在暗处的我，如此举动，皆为平素用心。

据说女主人不久便与世长辞。

第三三段

　　内宫的营建竣工后，熟悉朝廷典故者，皆赞其建筑完美。天皇乔迁日迫近时，玄辉门院①前来视察，观看新建内宫后，向周围人透露："昔日的内宫清凉殿，其窗孔为圆形，且无边缘。"玄辉门院的惊人记忆力，令所有在场人叹服。新建的内宫，窗孔有棱角，且附木制边缘，此为失误，于是按门院吩咐，将其修改还原。

---

　　①玄辉门院：洞院愔子（1246—1329），后深草天皇妃，伏见天皇生母。门院，对天皇母后的尊称，亦称女院。

第三四段

　　甲香原料呈陀螺形，只是比陀螺小，开口处为细长突出的贝盖，产于武藏国金泽①海边。据说当地人称之为"海纳塔里②"。

---

①武藏国金泽：今神奈川县横滨市金泽区。

②海纳塔里：日语「へなたり」的音译。

第三五段

　　字迹拙劣，亦无须介意，写信时，尽可随心所欲。只因字迹拙劣而求人代笔，令人生厌。

第三六段

　　某人说："某日，猛然想起久未拜访的人，不禁反省自己平日的疏忽怠慢，心想对方定为此而怀恨在心。正当为如何解释而忧虑困惑时，对方派人捎来口信，询问能否暂借用人。于是感叹，善解人意，最令人欣慰。"对此，我亦有同感。

第三七段

　　朝夕相处、亲密无间者，某日竟一反常态，变得极为客套，于是有人质问："事到如今，何必如此？"然而，我却觉得此人诚实可靠。与此相反，平日少有往来、关系疏远者，偶尔说些温暖体贴之语，亦感舒心爽快。

第三八段

　　为名利所驱使，无暇静心，终生奔波忙碌者，愚蠢至极！

　　拥有万贯家财，便为守护而乱心。钱财乃招灾致祸之源，即使身后堆金拄北斗①，死后也只会给后人带来累赘，徒增烦恼。世人苦苦追求的财富，实为无聊之物。豪车肥马、金玉首饰，愚人得之，会忘乎所以，而在明事理者眼中，却一文不值。应效法古人，捐金于山，沉珠于渊②。利欲熏心者，极为愚蠢。

　　世人皆渴望英名流芳百世，然非所有名人皆出类拔萃。品行低劣、无德无才者，只因出身名门，顺应了潮流，得以飞黄腾达，享受富贵人生。而那些才华出众、品德高尚的贤人隐士，却因不慕名利、不迎时流，默默终其一生。故贪图名誉亦愚蠢。

渴望智慧过人、品行出众，乃拘泥于名声，热衷于赞誉。综观世间，无论是得到赞誉者还是受到谴责者，皆不能永存于世，故无须因受谴责而羞耻，亦不必因获赞誉而得意。有时，名声会成为遭受谴责之源。人既死，名声已无益，故渴望智慧过人与品行出众亦愚蠢。

智慧与虚伪应运而生③，才华与能力滋生烦恼。学来的知识非真知。世人常用"可"与"不可"④判断好坏，其实，真实的世界不存在"可"与"不可"。所说的"善"究竟为何物？超越世俗、明白事理的真人，皆无智、无德、无功、无名⑤。让别人知道自己的存在，炫耀自己的才华，乃无聊之举，如此说，并非要展示无为的自己。真人本来不拘泥于贤愚、名利，而是超越了相对的境界。

世事变幻莫测，一切皆为暂时，不值得谈论，不值得追究。

---

①身后堆金拄北斗：出典于《白氏文集》卷二十一中的《劝酒》："天地迢遥自长久，白兔赤乌

相趁走。身后堆金挂北斗，不如生前一樽酒。"

②捐金于山，沉珠于渊：出典于《文选·东都赋》："捐金于山，沉珠于渊。"

③智慧与虚伪应运而生：出典于《老子》："大道废，有仁义；智慧出，有大伪。"

④"可"与"不可"：出典于《庄子·齐物论》："方可方不可，方不可方可。因是因非，因非因是。是以圣人不由，而照之于天。"

⑤真人，皆无智、无德、无功、无名：出典于《庄子·逍遥游》："至人无己，神人无功，圣人无名。"

第三九段

　　有人问法然上人①："念经时，有时不觉入睡，懈怠了修行，如何消除睡魔的困扰？"上人答："头脑清醒时念经即可。"此言耐人寻味。上人曰："认为可以轮回转世，就能轮回转世，认为不可轮回转世，就不能轮回转世。""即便对轮回转世怀有疑虑，但只要专心念经，亦会如愿以偿。"此言意味深长。

---

　　①法然上人：名源空（1133—1212），日本净土宗的创始人。上人，对德高望重的僧人的敬称。

第四〇段

因幡国^①某入道^②之女，出落得如花似玉，求婚者门庭若市，只是该女不食五谷，只吃粟，故父母极力反对其出嫁，认为如此怪癖之女，不宜成为人妻。

---

①因幡国：今鸟取县。

②入道：出家受戒、皈依佛门的人。过去的出家有两种：一种是遁入佛门受沙弥戒成为沙弥，积累修行，进而受具足戒，成为比丘，此为专业僧侣的出家；另一种是中年皈依佛道，受沙弥戒，被称为沙弥、入道，但仍可居家与妻儿一起过世俗生活的人。这里指后者。

第四一段

　　五月五日，上贺茂神社举行赛马表演，我乘牛车至赛场时，已是人山人海，难以行进，于是下车徒步向围栏靠拢，然而，那里亦被围得水泄不通。

　　正当此时，忽见一株楝树上，有一和尚端坐于树杈间，手扶树干酣酣大睡，几次险些摔落，都恰好睁开了眼睛。在场人无不惊愕，纷纷嘲笑道："竟在如此危险处安睡，真乃世所罕见的蠢货！"见众人嘲笑不已，我陈述己见："我等皆无法预料何时离开人世，或许就在此时，死亡就会降临，然而我们却忘却死亡，在此观看表演，岂不愚蠢？"

　　闻我所言，众人皆表赞同，纷纷让座。如此浅近之理，可谓人尽皆知，众人之所以感悟，只因时机适宜。人非草木，有时会触景感悟。

第四二段

唐桥中将源雅清之子，人称行雅僧都①，众多笃信真言宗者师从于他。此僧都有头痛病，随着年迈，鼻孔堵塞，呼吸困难，虽经多方治疗，却每况愈下。眼、眉、额等肿起，不堪入目，如同戏中丑角。后来，病情日趋恶化，眼睛移至头顶，鼻子爬到额头，如同怪物，令人恐怖。僧都为此深为苦恼，与僧房同僚亦羞于见面，终日闭门不出，不久病重而死。

世上竟会有如此怪病。

---

①僧都：僧官名。僧官有三个等级，由高到低依次为僧正、僧都、律师。

第四三段

　　暮春时节，碧空万里。某日，我路经某贵人宅邸，但见庭院深深、古木葱茏、落花满地，其幽雅情趣，令人惊叹不已，于是入内观之。

　　正殿南侧，格窗紧闭，寂静冷清。只有东门微开，自门缝隙向内望去，见一书生手捧书卷，静坐窗下，细心品读。书生年方二十，眉清目秀、俊朗绝俗。

　　书生到底是何人，我至今仍有心了解。

第四四段

　　自篱笆环绕的宅院，走出一年轻男子。月色朦胧中，色泽鲜亮的狩衣[①]、深紫色的指贯[②]，依稀可辨，看得出是名门贵族。男子携一稚童，沿小径前行。小径两侧，稻田青青，露水湿重。男子吹着长笛，笛声悠扬婉转，优美动听，只可惜在寂寥的荒野，无人欣赏。我欲知男子去往何处，于是尾随而行。

　　行走片刻，笛声戛然而止，两人径直步入山麓下的宅邸。宅邸内停放着牛车，似乎比京城住宅更引人注目。向邸内杂役询问，方知某宫中大人来此，今晚将举办法会。佛堂内聚集了法师多人，寒夜的微风中，熏香飘散，沁人心脾。侍女们穿梭于游廊间，行走时带来缕缕熏香。于是感叹在此人迹罕至的乡野，诸事竟安排得如此细心周到。

庭院里，丛生的秋草上坠满露珠。虫鸣凄切，如泣如诉；溪流潺潺，幽静闲适。空中的行云，比在京城观看似乎要快得多。月行云间，时隐时现，变幻无常。

---

①狩衣：最初为狩猎时穿的衣服，自平安中期起，逐渐成为贵族的日常便服。

②指贯：与狩衣相配的一种裤子。

第四五段

　　公世二位①的兄长良觉②僧正，乃性情急躁之人。因其僧房旁有一株榎树，人们便称他为"榎树僧正"，他感觉此绰号不雅，一怒之下，叫人砍倒榎树。然而，因有树桩残留，于是他又被称为"树桩僧正"。他恼羞成怒，叫人挖掉树桩。但因留下树坑，于是，人们又称他为"树坑僧正"。

---

①公世二位：藤原公世（约 1220—1301），文历二年（1235）成为侍从，后升为从二位。擅长弹筝。

②良觉：比叡山大僧正、歌人，生卒年不详。

第四六段

　　京都柳原街，某僧人被称为"强盗法印①"。据说得此绰号，是因其常遇强盗。

---

　　①法印：朝廷赐给僧侣的最高僧位，法印以下为法眼、法桥。

第四七段

　　某人赴清水寺①参拜，路遇一年迈尼姑，老尼姑边走边自语道："长命百岁，长命百岁。"出于好奇，问其何意，老尼姑不答，仍不停叨念。追问几次，终于忍无可忍，开口道："尔如此烦人，索性告知。我于比叡山②抚养一幼子。平日，此子打喷嚏，若不如此叨念，便会死去。故外出时，预感他要打喷嚏时，我便如此叨念。"

　　真是难得的慈悲！

---

　　①清水寺：位于京都市东山区五条坂。

　　②比叡山：位于京都东北部，跨山城、近江两国之境，其东峰半山有天台宗本寺——延历寺。

第四八段

光亲卿①为上皇担任最胜讲时，上皇赐膳与他。光亲卿用完膳，将狼藉的餐具推入御帘内便退出。侍女们见之，大为不悦，纷纷叫嚷："吃得如此恶心，是让谁清理吗？"然而，上皇得知后，却称赞他熟悉宫廷典章。

---

①光亲卿：藤原光亲（1176—1221），承元二年（1208）任参议，建历元年（1211）升任权中纳言。后鸟羽天皇之宠臣。多才多艺，尤擅和歌。

第四九段

　　修道不可待到年迈，岂不闻古墓埋葬者多为少年？人不知何时死，偶患疾病，行将离世时，方知已逝岁月中的失误。失误并非其他，即本该早做之事，却一再推迟，本应缓办之事，却急于求成，为此消耗了太多时光。行将离世，悔恨不已，然为时已晚。

　　无常迅速，死亡随时逼近，铭记此事，便不会拘泥于俗事，专心修行。禅林《十因》①中记载道："昔日，有人来访某高僧，高僧见其口若悬河，便坦言道：'现有十万火急之事，已迫在眉睫。'言毕，双手捂耳，专心念佛，不再理会。高僧一心修行，终达净化心灵的境界。"另有名为心戒的高僧，因痛感人生短暂，平日只蹲不坐。

①禅林《十因》：净土宗西山禅林寺派总寺院禅林寺（位于京都市左京区南禅寺町）第七世永观所著《往生十因》。永观，文章博士源国经之子。

第五〇段

应长①元年，发生一怪事。伊势国某人，至京城时，有女鬼尾随而来。消息传开，京城哗然，连续数日，人们奔走相告，叫嚷着要看鬼。有人说："据说昨日已到西园寺②，今日可能来上皇御所③。"还有人说："估计此时已在某处。"然而，既无人亲眼所见，也无人揭穿谎言。上至贵族，下到平民，所有人都在议论鬼。

我自京城东山前往安居院时，见四条大街上的人们朝北跑去，边跑边喊："一条室町有鬼。"自今出川岸环视四周，但见上皇专用的瞭望台附近人潮涌动，看来有鬼一事非空穴来风。然派人前往察看，却无人遇到。夜幕降临，人群中发生争斗，引发诸多不测事件。那段日子里，有人生病久治不愈，便以为闹鬼所致。

①应长（1311—1312）：花园天皇的年号。

②西园寺：昔日位于山城国（今京都市）葛野郡衣笠村北山的佛堂。

③上皇御所：伏见、后伏见二上皇所居住的地方。

第五一段

　　为把大井川水引入龟山殿①庭院池塘，朝廷下令投入巨资，指示当地居民制造水车。数日后，水车造好，然而安装后却无法运转，反复修理，亦未奏效。于是朝廷下令，改由宇治人制造。宇治人未费吹灰之力便组装完毕，水车如愿运转，顺利地将大井川水引入池中。

　　无论何事，行家毕竟是行家。

---

　　①龟山殿：建长七年（1255），后嵯峨上皇在嵯峨营造的仙洞御所。

第五二段

　　仁和寺①的某法师，至花甲之年，亦未参拜过石清水②，对此一直心怀遗憾。某日，法师下定决心，独自徒步前往。参拜完山麓下的极乐寺、高良③等处，便顺路返回。

　　后来，法师逢人提及此事，说："夙愿已实现。真是百闻不如一见，石清水比传闻中的还要宏伟壮观，不愧为圣灵之地，只是觉得不可思议，当时人们都涌向山顶，不知那里到底发生了何事。我亦有心一睹究竟，但又想，参拜石清水乃此行目的，于是作罢。"法师自以为山下的极乐寺、高良便是石清水，其实石清水位于山顶。

　　细微之事，亦有先达指点为佳。

①仁和寺：真言宗御室派总寺院，位于京都市右京区御室。仁和四年（888），由宇多天皇创建。

②石清水：石清水八幡宫，位于京都府缀喜郡八幡町的男山顶上，建于日本贞观元年（859）。

③极乐寺、高良：位于石清水八幡宫所镇守的男山山麓，为八幡宫附属寺社。

第五三段

此故事亦与仁和寺法师有关。

某少年诀别俗体，出家为僧，寺院为其举办庆祝宴会。宴会上，众人助兴表演，某法师趁酒兴，举起身边的三足鼎，扣在头上。因鼎口狭小，法师压平耳鼻，强行将头部塞入，继而手舞足蹈，惹得众人拍手喝彩。

舞毕，法师欲取鼎，然鼎口紧箍颈部，难以脱离，会场顿时鸦雀无声，人们面面相觑，一时无计可施。强行拉扯中，致使法师的颈部流血受伤，出现大片红肿。因头部被鼎遮盖，呼吸困难，有人建议用铁锤砸，然鼎坚硬无比，法师头部被震得难以忍受。无奈将鼎足用布遮住，让法师拄杖，由人牵引，赴京城就医，一路上惹来众人好奇目光。

至京城医所，法师与医师对面而坐，其情景滑稽可笑。只听见鼎内沉闷的说话声，却无法听清所说内容。医师束手无策，说医书中从未提及此类事故，亦无祖传疗法。无奈只好返回，法师的亲友和年迈的母亲见状，悲痛欲绝。法师头部被厚鼎遮掩，听不见母亲和亲友的哭泣。此时，有人建议："事到如今，唯有用力拉，即便耳鼻脱落，只要保住性命就行。"于是，众人将稻草塞入法师的颈部，将其与鼎隔开，然后用力拉扯。法师的头颅几乎被拔掉，耳鼻脱落，伤痕累累，头部总算脱离。法师险些丧命，从此久病不起。

第五三段

第五四段

又是一则有关仁和寺法师的故事。

御室有一稚童，甚是招人喜爱，寺内法师们欲诱其出，特意请来手艺人，制作了精美食盒，将其装入外箱，埋于双岗山，上覆红叶。布置完毕，便去诱稚童。

如愿诱出稚童后，法师们带其四处游玩，最后来到掩埋食盒处，并排坐在长满青苔的地面上，彼此打趣道："已疲劳至极！""若焚烧红叶，痛饮一杯，该是多好！""若有作法灵验者，何不尝试祈祷？"于是，有法师面朝埋食盒处，拈动佛珠，合掌做姿，煞有介事地祈祷，而后拨开红叶，却无任何发现。以为找错了地方，众法师四处寻找，然搜遍全山，亦未发现。

原来，埋食盒时被人发现，法师们离开后，食盒便被盗走。法师们面面相觑，彼此指责埋怨，悻悻而归。

别出心裁，费尽心机，难免会以扫兴收场。

第五五段

设计房屋，需优先考虑夏日。冬季，无论结构如何，亦可居住。然夏日不同，若不适宜居住，则难以忍耐。庭中小溪，水深无凉感，流浅则舒爽。比起密格吊窗，拉门光线明亮，适合在室内看细微之物。屋顶离地面过高，冬日会阴冷，灯光亦暗淡。营造房屋时，留出闲置空间，不仅外观美，日后亦大有用途。

第五六段

　　久未见面，见面便滔滔不绝，大谈亲身经历，乃不谙世故人情。无论关系如何亲密，久别重逢时，总会有所顾忌。缺少教养、不懂情趣者，即便是短暂外出，返回后，亦会迫不及待地大谈见闻。有教养、懂情趣者，即使周围人多，讲话时亦只对一人，如此，众人亦会耳闻。缺少教养、不懂情趣者，总是面对众人侃侃而谈，于是，不时引发哄堂大笑。听有趣之事不以为意者与听无聊之事捧腹大笑者，其人品可想而知。

　　谈论他人容貌、评说他人学问时，有人喜欢以己为例，实在令人尴尬。

第五七段

　　谈论诗歌中之拙作，实为憾事。对歌道一知半解者，若认为某诗歌拙劣，最好保持缄默。谈论自己不甚了解的领域，会令人尴尬。

第五八段

　　有人如此说："若有求道之心，便无须顾及住所如何。即使隐居家中，与世俗交往，亦不妨来世进入极乐世界。"说此话者，全然不知转世轮回之理。既然对无常的现世大失所望，决心摆脱生死迷茫的世界，了却尘世的所有烦恼，又怎会有心情朝夕侍奉主君，为家而殚精竭虑？人心随环境变化而波动，周围不静，则无法专心修行。

　　今人缺少古人度量，虽脱离俗世、隐于山林，但如若难抵御饥饿风寒，便感无法生存，有些出家人则难舍世俗名利。于是会有人问："既如此，则无须弃俗遁世。如此度量，当初何必选择出家？"此言未免有些过激。曾经有过遁世经历者，即使无法抛弃物欲，亦不同于热衷权势、贪得无厌之人。纸制被褥、麻制粗衣，一钵食、一羹汤，皆可轻易获得，得之则心满意足。身着出家装束，以物欲熏心为耻。即使受人谴责，亦已远离邪恶，接近善道。人生在世，最好脱离俗世。耽于物欲，背离正道，无异于畜生。

第五九段

决意出家者，即使仍有未了尘缘，亦应及时放弃。"做完此事再说。""事到如今，索性做完为好。""做好眼前琐事，以免被人说三道四。""时至今日，即使稍作推迟亦无妨，何必匆匆决定？"如此借口拖延，难以割舍之事便越积越多，以致难下决心。

综观世间，众多渴望出家者，皆因疲于应付日常琐事而终其一生。若身边发生火灾，是否还会寻找借口推迟？若想逃生，应不顾一切。

无常迅速，死不待人，生命垂危之际，难道可因年迈的双亲、年幼的子孙和所谓主君之恩而犹豫不决吗？此时此刻，所有难舍之事，皆不得不放弃。

第六○段

　　仁和寺真乘院的盛亲僧都乃高德之人。平日尤爱吃芋，讲授佛典时，座席旁总放着盛满芋的大钵，边吃边讲。生病疗养期间，连续几日闭门不出，挑选上乘的芋，吃得比平时还多，据说以此医治了所有疾病。僧都吃芋时，从不让与别人。

　　其生活贫苦，师僧临终时，留下二百贯钱和一套僧房，僧都竟以一百贯将僧房出售，连同二百贯钱一同作为买芋费用，寄存于京都某人家。每次提取十贯，用来买芋。生活如此贫穷，却不放弃嗜好，对此，人们深为叹服。

　　僧都给某人起绰号为"白瓜"，问此为何意，僧都答道："吾亦不知，若非说其缘由，大概是那人面如白瓜。"僧都眉清目秀，体魄强健，健谈善食，博学多识，擅长书道，口才出众，乃宗门法灯^①，在寺内备受尊重。僧都鄙夷俗世，多有怪癖，平日我行我素。法会后的酒宴上，不等膳食到齐，便提前动手，吃毕便拂袖离去。

僧都随心所欲，想吃的时候，不管深夜拂晓；想睡的时候，无论白昼夜晚。无论发生何事，都置若罔闻。睡醒后，连续几日不合眼，吟诗漫步，特立独行，不拘一格，却从不被人鄙夷，其怪癖总是得到谅解，想必人德达到了至高境界。

①法灯：原指驱散世间黑暗的佛法之灯，这里指佛教一宗中的最高权威。

第六一段

　　皇后、中宫、妃子临产时，要从屋梁上落甑^①，此并非自古沿袭的风俗，乃胎盘停滞时所行巫术，若胎盘未停滞，则无须落甑。

　　该巫术始于民间，并无文献记载。祈祷前，据说要到京都郊外的大原村取甑。在一家收藏古董的库房，保存有普通百姓分娩时从屋梁上落甑的画卷。

---

　　①甑：用瓦制作的一种圆形的蒸饭工具，底有细孔，其用途与当今的蒸笼相同。关于落甑，《平家物语》卷三这样描述："皇后生产时，使甑从宫殿之梁上落下。皇子诞生时向南落下，皇女诞生时向北落下。"

第六二段

　　延政门院①幼年时，在托人转交给父亲的书信中附歌一首，歌意为：想念您，父皇！

---

　　①延政门院（1259—1332）：后嵯峨天皇之次女——悦子内亲王。

第六三段

　　依据常规，从正月初八开始，宫廷将做七日法事，祈祷天皇龙体安康、国家隆昌、万民同乐、五谷丰登。做法事时，担当主持的高僧阿阇梨①，将招募护卫宫廷的武士。此法事始于何时不详，传说昔日做法事时，有强盗闯入，从此设置护卫，实乃小题大做。一年吉凶之象，现于做法事时。此时派护卫，实为不妥。

---

　　①阿阇梨：梵语的音译，意为师范、正行、规范等。这里指做法事的高僧。

第六四段

据悉，乘五绪之车①，并非仅以乘坐者身份限定，凡是族人中有达到标准者，皆可乘坐。

---

①五绪之车：一种挂帘牛车。帘上除左右镶边之外，中间还有与之平行的三道革纽，三道革纽均有风带下垂，与左右镶边形成五条，故称"五绪"。

第六五段

比起古时的头冠，当今的头冠已明显增高，若用古式冠桶①，须加高冠桶边缘。

---

①冠桶：亦称冠箱，俗称帽盒。

第六六段

下毛野武胜乃宫廷饲鹰者。某日，冈本关白①吩咐其送来一对配鸟，并要求将鸟搭配在盛开的红梅枝上。武胜说："不知如何将鸟搭配在花枝上，也未曾听说在一枝上搭配一对鸟。"关白询问宫中膳部的厨师及左右，得知确无先例，便要求武胜按本人设想搭配，结果，武胜在无花干枝上搭配一只鸟呈上。关于其做法，武胜如此说明：

"配鸟所用树枝，可为杂木枝，亦可为梅枝。若为梅枝，则含苞待放时为宜，亦可用花谢后的干枝，五叶松枝亦可。将枝长切为七尺，再对半截断，中间部配鸟，故须留出配鸟位置，亦有鸟搭脚之处。可用未开裂的葛藤蔓系住两端，藤蔓前端与鸟翅等长，弯曲成牛角形状。呈送时，选在初雪之晨，肩负配鸟树枝，自中门入内，行进时须仪表庄重。穿行石铺路时，雪地不留足迹。拔下少量翅羽撒在地面，将树枝立于御所周围的栏杆。若收到赏品，可搭在肩上，行礼退出。虽是初雪，但雪不足以埋没靴尖，便要取消拜访。拔下雉鸟翅上的羽毛，撒在雪地上，意味饲养的鹰已捕捉到了鸟。"

武胜所言，至情至理，然不用花枝配鸟，其因不详。长月②期间，呈送人造梅枝配鸟，并赠歌："为君折枝，不拘时节。"此歌见于《伊势物语》③，想必人造花亦可。

---

①冈本关白：藤原家平（1282—1324），正和二年（1313）任关白，元亨四年（1324）出家。

②长月：农历九月。

③《伊势物语》：平安时代以歌人在原业平（825—880）一生为中心的故事集，多记男女情事，约一百二十五段，成书于天历年间（947—957），作者不详。

第六七段

　　岩本社与桥本社隶属上贺茂神社，其祭神分别为业平①及实方②，然而，人们总是混淆或说错两家神社的祭祀对象。某年某日，某人参拜神社时，向路过的年迈神官打听祭神位置。神官神情庄重，一本正经地答道："据说实方曾在御手洗河显灵，人们在其显灵处供奉，故桥本社应位于御手洗河附近。吉水和尚③曾歌咏过岩本社，其歌词大意为：赏月看花的昔日风流歌人，如今在此镇坐。对此，想必您会比我更熟知。"今出川院④近卫⑤所作和歌，其中多首被选入歌集，此人年轻时常咏歌百首，并用岩本社、桥本社前的河水研墨抄录，将其进奉祭神。近卫的歌脍炙人口，深受欢迎，被人们争相吟诵，此人还擅长作诗写序。

①业平：在原业平，平安初期著名歌人，六歌仙之一。

②实方：藤原实方（？—998），平安中期著名歌人。

③吉水和尚：比叡山天台座主慈圆（1155—1225），谥号慈镇，关白忠通之子，因住在京都东山的吉水，故世称吉水和尚。

④今出川院：西园寺公相之女藤原嬉子（1252—1318），龟山天皇的中宫（皇后）。

⑤近卫：今出川院身边的女官，著名歌人。

第六八段

筑紫国①有一押领使②，深信萝卜乃医治百病之妙药，规定每日清晨烤吃两片，此习惯已延续多年。某日，仇家趁馆内空虚，前来偷袭。强盗围攻馆内时，有两位勇士现身，奋力抵抗，最后驱逐强盗。押领使得知，深感好奇，问道："平日不曾与两位勇士相识，却如此尽力相助，请问是何人？"勇士答道："吾乃常年承蒙信赖、您每日食用的萝卜。"说罢隐身而去。

常言道：功德源于笃信，看来的确如此。

---

①筑紫国：今九州地区。

②押领使：负责地方治安的官员，一般由地方豪族担任。

第六九段

　　书写上人①多年诵读《法华经》②，已达六根清净境地。某日外出，途中入一茅舍歇脚时，忽闻室内有燃豆壳、煮豆声响。上人靠近细听，豆似乎发泄怨言："本为同根所生，汝却如此狠心，令吾蒙受痛苦。"被焚烧的豆壳发出噼啪声响，似乎在向对方解释："此非吾所愿，吾被焚烧，亦痛苦不堪，然实属无奈，汝切勿怨恨！"

---

　　①书写上人：性空上人（928—1007），因居播磨国（今兵库县）之书写山而得此名。

　　②《法华经》：全称为《妙法莲华经》，大乘佛教经典之一。

第七〇段

　　元应①年间，朝廷清暑堂举办管弦乐会，时值琵琶名器"玄上"遗失，菊亭大臣②遂弹奏了名为"牧马"的乐器。大臣入座调音时，不慎碰落琴柱，于是迅速从怀中取出饭糊，及时将琴柱粘住。当人们向神位供物时，饭糊已干，演奏未受影响。后来得知，此乃某蒙面女所为，不知对大臣有何怨恨，悄悄靠近"牧马"，偷偷卸下琴柱，放回原位。

---

　　①元应（1319—1321）：后醍醐天皇的年号。

　　②菊亭大臣：藤原兼季，琵琶名家，西园寺太政大臣藤原实兼之子，元亨二年（1322）任右大臣，正庆元年（1332）任太政大臣，历应元年（1338）出家，法名觉静。

第七一段

　　闻某人姓名，便推测其貌，然遇本人时，方知与推测不符。听远古故事，似乎就发生在当今某家，故事中人物似乎就在当今人群中。不仅是我，想必别人亦有此感。

　　偶然的机会中，道听途说或亲眼所见之事，虽已忘却何时发生，但总觉得曾有类似经历。有此种感觉的，想必不止我一人。

第七二段

　　世上多有令人感觉庸俗之物。如座席旁放有很多工具，砚台上放置很多毛笔，佛堂中安置很多佛像，庭院中布满山石草木，家中子孙满堂，在众人面前多嘴多舌，愿文①中写满行善积德之语。然而，再多也不感到多的，是运书车上的书籍与垃圾场上的垃圾。

---

　　①愿文：向神佛发愿祈求来世之安乐或死者之冥福的文字。

第七三段

也许世间的真实故事，听起来过于无聊，人们总爱编造谎言。交谈时，人本来就爱夸大其词，何况时过境迁，编造谎言更是肆无忌惮，若将其用文字记载下来，谎言便成为定论。本不熟知的所谓业界大家，愚蠢人竟盲目崇拜，极力吹捧，宛如那些大家创造出人间奇迹一般，然而明事理者不会轻信盲从。道听途说与亲眼所见，毕竟反差极大。

不顾谎言被揭穿，信口开河，听者会轻易察觉；明知是谎言，却装腔作势，煞有介事地描述，听者自然明白谎言并非出自他。可怕的是巧言令色，将谎言说得有条有理。利己的谎言，谁都不会反对；有趣的谎言，揭穿了也无益。然任其传播，不知不觉中，自己亦成为谎言的证人，致使谎言成为定论，流播于世间。

世上充斥了谎言和虚伪，若视其为司空见惯，将会不以为意。庸俗人谈论的皆为危言耸听之事，有教养者绝不如此。然而，关于神佛显灵、菩萨转世，亦不可完全不信。迷信世俗而编造的谎言固然愚蠢，但完全否定亦不妥当。最好以平常心待之，既不盲信其有，也不一味怀疑。

第七四段

世人如成群的蚂蚁，辗转南北，奔波东西。有贵贱，有老少；有去处，有家归。夜寝朝起，不辞劳苦，说来不过是贪恋生存、热衷名利而已。世人养生延寿，究竟有何期待？最终等到的只是老与死。老与死步步逼近，一刻不止，其间有何快乐？执迷不悟者，名利熏心，不顾死亡将至；畏老惧死者，幻想世界永恒不变，此乃不谙事物变化之理。

第七五段

视孤独清静为痛苦，不知此为何心境。心不为外物所扰，独居静心最好。

顺应世俗，人心易被俗事困扰而迷乱；与人交往，便为博得好感而言不由衷。时而戏谑，时而争执；时而憎恨，时而喜悦。人心变化无常，是非曲直、利害得失之念层出不穷，此乃内心执迷、贪恋尘世、醉中做梦。受欲望驱使，终日奔波忙碌，以致忘却自我，世人皆如此。即使未达彻悟，只要脱离尘世、了断尘缘，亦能不受杂事困扰，安身静心。即使短暂一刻，亦会感受人生快乐。《摩诃止观》①中说："放弃生活、交际、技艺、学问等所有与世俗有关之事！"

①《摩诃止观》：天台宗三大部之一。隋朝初期高僧天台大师智颛（538—579）口述法华观心之行法而由其弟子做笔录者，全书二十卷。止观一词译自梵语，止为停止，指从静处摄心，消除妄念；观为观照，指通过直观而达到最高智慧之境界。摩诃，梵语意为"大"。

第七六段

　　有权有势的名门贵族举办庆典、丧事，总有众多趋炎附势者，其中不乏遁世僧人。他们立于门前，请求转达入内的姿态，与其身份极不协调。

　　即使有正当理由，身为出家人，亦远离尘世为好。

第七七段

世上有一种人，本与世间谈论不休的话题毫无关联，却对其内幕了如指掌，不仅津津有味地向别人讲述，还饶有兴致地向别人打听，实在不可思议。蛰居乡野的遁世僧人，关心他人之事，如同关心自己的事，使人不禁产生疑惑：为何他了解得如此详细？

第七八段

　　大肆渲染世间流行的奇闻异事者并不受欢迎。虽然某事在世间流传已久，对此却毫不知晓者，乃高雅之人。面对初来乍到的新人，与同伴谈论彼此熟悉的话题，挤眉弄眼，谈笑风生，让新人感到莫名其妙，此乃不谙世故人情、缺乏教养者所为。

第七九段

对任何事，最好不要表现得过分关心。懂情趣、有教养者，即使是自己熟知的领域，亦不轻易溢于言表。只有那些来自乡野、不懂情趣、缺乏教养者，才总摆出无所不知的姿态，令旁听者亦为他感到羞耻。而本人自鸣得意的神态，实在庸俗不堪。熟知的领域，要慎于言辞，别人不问，最好不提。

第八〇段

世人皆有癖好。如法师不习佛法，崇尚习武；武士不谙弓箭，热衷于佛法，沉湎于连歌①、管弦弹奏，说来这比不专于本行还受人鄙夷轻视。不仅是法师，上流社会亦多有尚武者。然而在战场上，他们即使百战百胜，也不会获得勇士称号。若取胜便称之为勇士，则有幸击败敌方者皆为勇士，然真正的勇士并非如此，只有不放过任何制胜机会，最终击败敌人。虽弹尽粮绝，亦不投降，视死如归者，方能名扬天下。人生在世，不应以勇武自豪，勇武偏离人道，说来与禽兽无异，若非武士出身，尚武有害而无益。

---

①连歌：一种独特的诗歌体裁。原为两人对咏一首和歌的游戏，始于平安末期。后来多人依次连句，多至上千句，被称为长连歌或锁连歌。

第八一段

　　屏风或拉门上的字画拙劣，与其嘲笑作者，倒不如说主人缺少品位。有时，观其所用物品，便对主人产生幻灭之感。物品并非高档就好，不谙品位情趣，只图坚固耐用，为标新立异而刻意装饰，皆为庸俗之举。古朴简约且质量上乘者，最佳。

第八二段

　　某人说："薄纱装饰封面的书籍容易破损，实令人困惑。"然顿阿①认为："薄纱装饰封面的书线绽开，镶入螺钿②卷轴的贝片脱落后，方有妙趣！"此言令人感叹。有人说："精致的草子③、豪华的线装书，若外表包装不一，则缺乏美感。"弘融僧都④却认为："追求事物完美，乃无聊人所为，不完整方有品位。"此言亦令人赞赏。

　　任何事物，追求完美并不好，留下缺憾才有情趣。营建皇宫时，总要留下少许未完工的部位。贤人君子所著内外之文⑤，总有一些章段残缺。

---

　　①顿阿（1289—1372）：著名歌人，净土宗僧人。与庆运、净辨、兼好并称"和歌四天王"。

---

②螺钿：贝壳内部有珠光的部分，常被切割成各种形状的薄片而嵌于书轴或其他器物表面用作装饰。

③草子：又称草纸，指装订成册的故事、随笔类作品，一部草子可分订若干册。

④弘融僧都：兼好同时代的人，仁和寺莲心院僧人。

⑤内外之文：佛教称佛经为内典，称儒家著作为外典。

第八三段

竹林院入道左大臣①，晋升太政大臣，乃水到渠成之事，本人却不以为意，辞官出家。洞院左大臣②对此同感，对晋升太政大臣亦无动于衷。

古人云："亢龙有悔③。"月圆则亏，盛极必衰。物至极致，便趋衰亡，此乃变化之道。

---

①竹林院入道左大臣：西园寺公衡（1264—1315），延庆二年（1309）任左大臣，庆长元年（1311）出家。

②洞院左大臣：藤原实泰（约 1269—1327），文保二年（1318）任左大臣。

---

③亢龙有悔：出典于《易经·乾卦·上九》："亢龙有悔。"亢龙即上升到极高处的龙，指位至极尊贵之人。升到极致，就有跌落的危险，故处尊位者必须小心谨慎，以免有败亡之悔。

第八四段

    法显三藏①游历印度期间，偶见祖国团扇，便激动不已，潸然泪下。生病期间，尤恋家乡的食物。于是有人指责："如此顿悟之人，竟在异国表现得如此脆弱。"然弘融僧都却说："此可谓人情味十足！"赞扬法显三藏品格高尚。

---

    ①法显三藏（约 337—422）：东晋时期高僧，杰出的旅行家、翻译家。东晋安帝隆安三年（399）赴印度求法，历尽千辛万苦。著有《法显传》，归国时携经典多部并加以翻译。

第八五段

　　人心皆有虚伪的一面，但不能因此而断言世间无诚实之人。遇贤者而心生羡慕，乃人之常情。唯有愚人会心怀憎恨，甚至恶言指责："此乃图大利而舍小利，只是伪装自己，窃取名声。"如此诽谤，乃以小人之心度君子之腹，可谓愚蠢至极。

　　愚人不能效法贤者，即使假装舍小利，亦无法做到。模仿狂人在大路上狂跑，此人便是狂人；模仿恶人去谋财害命，便是恶人；学千里马之马，与千里马同类；向舜学习者，与舜志同道合。模仿贤者者，即便虚伪，亦可称为贤者。

第八六段

　　惟继中纳言①擅长诗文，平日诵读佛经，苦练修行。元伊僧正②与其属同门弟子。惟继中纳言爱说俏皮话。文保年间，园城寺遭遇火灾，寺院被烧毁，于是，他对元伊僧正说："过去称你为寺法师③，如今寺院被烧，就只能叫法师了。"此可谓绝妙警句。

---

　　①惟继中纳言：平惟继（约1265—1343），曾任权中纳言、文章博士，富有才华，晚年出家。

　　②元伊僧正：天台宗的权僧正、歌人，生卒年不详。

　　③寺法师：天台宗园城寺（俗称"三井寺"）之僧。与之相对，比叡山延历寺之僧则称"山法师"。

第八七段

切要当心醉酒的仆人!

家住宇治①的某人,妻子与京城的具觉房乃同胞姐弟,二人平日交往甚密。某日,具觉房接他来京城,因路途遥远,出发前为牵马人敬酒壮行,牵马人连喝数杯。牵马人腰挎长刀,身强体壮,威风凛凛,由他护送,具觉房感觉安心可靠。

行至木幡附近,偶遇奈良法师,法师周围有众多护卫。牵马人上前喝道:"站住!黑夜行走山路,可疑!"说毕,拔刀拦阻。对方亦拔刀搭箭。具觉房见状,急忙上前阻止,他拱手解释道:"下人醉酒,敬请原谅。"对方闻之,哄笑离开。

牵马人恼羞成怒,对具觉房说:"适才所言,令人气愤,我未醉酒,本想趁机立功,却白白地拔出刀。"

不由分说，举刀向具觉房乱砍，具觉房倒地，牵马人大喊："有山贼。"附近的村人闻声赶到。牵马人说："我便是山贼！"于是冲入人群，挥刀乱砍，伤及多人，最后，被众人擒住。具觉房的坐骑浑身血迹，独自跑到宇治，某人见之大惊，急派仆人前去，只见具觉房倒在血泊中痛苦呻吟，仆人们将其抬回。具觉房被砍致残，险些丧命。

---

①宇治：京都南郊宇治川两岸之地。木幡亦为这一带的地名。

第八八段

　　某人自称收藏了小野道风①所著的《和汉朗咏集》②，有人闻之反驳道："收藏此书，或许有其根据，但此书乃四条大纳言③编纂，称其为道风所著，与时代不符。"然而，收藏者却如此作答："正因为如此，才堪称世之珍品。"从此，愈加珍爱此书。

---

①小野道风（894—966）：平安时代著名书法家。

②《和汉朗咏集》：诗歌集，由藤原公任编纂。

③四条大纳言：藤原公任（966—1041），平安中期歌人，擅长诗、歌、管弦，多才多艺。曾任权大纳言。除《和汉朗咏集》之外，还著有《北山抄》《和歌九品》等。

第八九段

　　传言山里有吃人猫胯[①]，有人说："不仅在山里，即使在城中，猫上了年纪也会变成猫胯伤人。"名叫阿弥陀佛的和尚闻之，甚为担忧，提醒自己须特别小心。和尚家住行愿寺附近，平日作歌谋生，常赶夜路。

　　某日，和尚到外地参加歌咏赛会，返回时已是深夜。行至离家不远的河边，突然，黑暗中有一物窜出，向和尚猛扑而来。和尚吓得魂飞胆破，顿失抵抗力，腿脚发软，跌入河中，在水中边挣扎边喊："救命啊！有猫胯！有猫胯！"

　　附近的人们听到呼救，纷纷持火把赶来。和尚自河中被救起时，已成落汤鸡。水中漂浮着扇子和小盒，皆为歌咏赛会所获奖品。和尚连滚带爬地跑回家。

　　后来才知并非猫胯，而是和尚饲养的家犬，看到主人归来，兴奋地扑上来。

---

①猫胯：传说中的一种怪兽。关于此怪兽，著名歌人藤原定家所著的《明月记》中有这样的记载："夜前自南京方来小使者小童云、当时南都云，猫胯出来，一夜啖七八人。死者多。或又打杀件兽，目如猫，其体如犬长云云。"此仅为传闻，真情不详。

第九〇段

　　大纳言法印①的用人乙鹤丸，平时与名叫安良②的贵人来往甚密。某日，乙鹤丸外出归来，法印问道："汝自何处来？"乙鹤丸答："自安良家来。"法印又问："安良是俗人还是僧侣？"乙鹤丸答道："怎么说呢，吾未见其首！"

　　世上怎会有如此怪事？

---

　　①大纳言法印：大纳言之子，成为僧侣达到法印地位的人，非固有名词，具体是何人不详。

---

②安良：原文为「やすら」，其传说不详。关于
「やすら」，《寿命院抄》（《徒然草》最初的注释书，
作者秦宗巴）中有这样的注释："可写作安良乎。"
也作为地名，近江国（今滋贺县）栗太郡有叫"安良"
的地方。

第九一段

　　阴阳道①中从未提及赤舌日②。过去亦无人忌讳此日，然而，近来却传言此日不吉，说此日做事不会成功，得到东西会失去，制订计划将落空。此说法愚蠢至极，因选择吉日所做之事，其未成功比率，与在赤舌日做事失败比率几乎相同。

　　世事变化无常。无常变易中，认为存在之物，其实并不存在，有始未必有终。忌讳赤舌日，乃不明此理。常言道：吉日行凶，其果必凶。凶日行善，其果亦善。事在人为，吉凶与日无关。

①阴阳道：自中国经朝鲜传到日本的阴阳五行学说。最初，朝廷专设了阴阳寮，依据阴阳五行对天象、历数、卜筮等进行研究。平安时代后，阴阳道被安倍、贺茂两家世袭，作为秘传。其在民间则被作为占卜的迷信传播，给日本人生活的各个方面带来了很大影响。

②赤舌日：按迷信说法，守护太岁神（木星）东门的为赤口神，守护西门的为赤舌神，赤舌神派遣六大鬼（明堂神、地荒神、罗刹神、大泽神、白道神、牢狱神）每日轮流守护西门，其中第三鬼罗刹神性凶残，该鬼守护日即赤舌日。

第九二段

　　某人学射箭，手持两支箭至赛场，师父训诫道："初学者不可携两支箭参赛，易忽视第一支，而将希望寄托于另一支。射箭时，不可担忧失败，尽可能一箭击中。"

　　箭，仅有两支，在师父面前，谁都会谨慎对待，不敢草率行事，然滋生于内心的懒惰，本人难以察觉，师父却洞若观火，此训诫亦适用于他事。

　　学道者，到了傍晚，便想还有翌日清晨；到了翌日清晨，便想还有傍晚，认为努力不在于一朝一夕。如此很难察觉惰心，何况瞬间？决定做某事而迅速付诸行动，绝非易事。

第九三段

　　某人说："有买牛者，欲翌日付款将牛牵走，不料牛当晚猝死。如此场合，乃买者得利，卖者受损。"然而，有人却说："对卖者而言，虽为损失，亦有收益。此事警示人们，有生命之物，不能预知其死，牛如此，人亦如此。牛意外而死，主人意外逃生。一日生命重于千金，而牛价轻于鸿毛。获千金而失一钱，不能说是损失。"

　　众人闻其言，群起而嘲讽，说此理不只限于卖牛者。那人又说："因此，人若不想死，就应珍爱生命，每日享受生存快乐。然愚蠢人总是忘记生存之乐，甘愿吃苦受累，追求身外之乐。忘却生存这一至宝，冒着生命危险，追逐身外之物，便永不满足。活着时不享受人生，临终时畏惧死亡，岂不矛盾？不享受生存之乐，乃不畏死亡，确切地说，是忘记了死亡逼近。只有超越生死，才会领悟人生。"众人闻之，愈加嘲笑不已。

第九四段

　　常磐井相国①上朝时，遇到手持皇上敕书②的北面③。北面见之，立即下马。事后，太政大臣说："某北面手持敕书下马，此人不能服侍皇上。"于是，皇上罢免了该北面。

　　据说圣旨文书，须坐在马上呈送。

---

　　①常磐井相国：西园寺实氏（1194—1269）。相国，太政大臣的唐名。

　　②敕书：写有敕令的文书。

　　③北面：警卫院御所的武士。

第九五段

　　有人问："若在箱的凹陷处系绳，应靠哪一侧系？"精通掌故者答："有两种系法，即在轴左侧或在轴右侧。"通常，书信箱靠右系，杂物箱靠左系。

第九六段

某草名曰天明精，若被毒蛇咬伤，涂抹此草药，据说伤口可迅速愈合。应记住此草。

第九七段

　　世上，寄生于某物却损耗某物者，不胜枚举。如：身上虱、家中鼠、国之贼、小人贪求的钱财、君子固守的仁义、僧侣执着的佛法。

第九八段

《一言芳谈》①乃收录遁世高僧言论的杂记，我读此书，有如下同感：

一、为是否该做某事而犹豫不决时，最好不做。

二、祈求来世往生者，即使糠酱瓶类无聊之物亦不可有，经常诵读的经卷、被视为守护神的佛像亦无益。

三、遁世出家者，即使身无一物，亦可自得其乐，此乃理想处世之道。

四、高僧应回归小僧，智者应回归愚者，富者应回归贫者，能者应回归无能者。

五、修行佛道者，身为脱俗之人，首先要做到不问世事。

还有若干，已不曾记得。

---

①《一言芳谈》：收录了一百六十余条与净土宗有关的高僧的法语的语录集，编者不详。

第九九段

　　堀川相国[①]乃美男，性情开朗，诸事追求奢华。其子基俊卿[②]任大理[③]之职时，相国见官厅内有一破旧唐柜[④]，于是吩咐基俊卿将其改造，使其精致美观。熟知掌故的官员闻之，劝道："此唐柜自上古传承至今，其年代无法考证，有数百年。作为历代公用之物，虽已破旧，然保存至今，可谓后世典范，不可轻易改造。"相国闻之，便放弃己见。

---

　　①堀川相国：源基具（1232—1297），正应二年（1289）任太政大臣，后出家。

　　②基俊卿（1261—1319）：源基具之次子，弘安

六年（1283）任参议，后官至权大纳言。

③大理：检非违使别当的唐名。

④唐柜：从中国传来的一种带脚的文书柜。

第一〇〇段

久我相国①于清凉殿饮水时，主殿司②呈上陶瓷碗。相国吩咐取来木碗，后用木碗饮水。

---

① 久我相国：太政大臣久我通光（1187—1248），新古今时代歌人。

② 主殿司：后宫十二司之一，专门负责宫中薪炭、火烛等杂事。

徒然草

第一〇一段

　　在大臣就职仪式上，某人担当内辨①，登紫宸殿时，忘记携内记②带来的就职赐书，察觉后顿感严重失职，但已不能返回，一时束手无策。危难之际，六位外记③中原康纲巧妙说服某宫中侍女，侍女蒙面将赐书携来，悄悄递给内辨。康纲之机智，避免了一场重大失误。

　　①内辨：朝廷新任命大臣时，在位于紫宸殿正面的承明门内备办诸事的上卿。在门外做事的被称作外辨。

　　②内记：负责起草诏书敕令的官员，隶属中务省。

　　③外记：为太政大臣起草奏文并勘正内记起草的诏书等的官员。

第一〇二段

尹大纳言光忠入道[1]，担当主持追傩上卿时，向洞院右大臣公贤询问仪式程序。右大臣说："除非请教又五郎，否则别无良策。"又五郎乃年迈卫士[2]，熟悉朝廷政务仪式。当年，近卫[3]晋升，就位后执行公务时，忘记铺设膝垫，便召来外记。时在旁边生篝火的又五郎，见此情景，低声自语道："还是先铺膝垫为好。"

此言虽简，自有深趣。

---

①尹大纳言光忠入道：尹，弹正台之长官。光忠，内大臣源有房之子源光忠（1284—1331），时兼任权大纳言。入道，致仕后出家的人。

---

②卫士：隶属六卫府，负责护卫宫门及生篝火执夜勤的人。

③近卫：这里具体指何人不详。

第一〇三段

在大觉寺殿，正当近侍们猜谜时，医师忠守①入内。

侍从大纳言公明卿②见之，即出一谜："并非东瀛忠守。"话音刚落，便有人揭开谜底："唐瓶子！"众人大笑。忠守闻之，愤然离去。

---

①忠守：祖籍中国，阿智王后裔。阿智王乃东汉灵帝的曾孙，为逃避战乱而东渡日本，后归化，为宫内卿、歌人、《源氏物语》研究者。其名"忠守"与《平家物语》中的武士"忠盛"的日语读音相同，而"瓶子"与《平家物语》中的主要家族"平氏"的日语读音相同。"唐瓶子"即暗示忠守的归化身份。

②侍从大纳言公明卿：侍从隶属中务省，是近侍天皇，担任常侍、规谏、拾遗、补缺的官员，一般由大纳言、中纳言、参议等其他官员兼任。公明，即三条公明（约1281—1336）。建武三年（1336）任权大纳言。

第一〇四段

　　人迹罕至、荒凉冷清的乡野之家，某女避世隐居于此。月色朦胧之夜，某男子悄然造访，引来一阵犬吠。侍女闻声走出，问何方来客，男子自我介绍，于是获允入内。

　　庭院内，一派萧索凄凉，联想主人平素起居，不禁心生悲悯。于简陋的地板上伫立片刻，便传来女主人平静柔和的邀请声，男子推开不灵便的拉门入内。

　　与庭院情景不同，室内灯光虽有些暗淡，但布置得幽雅别致，熏香徐徐飘散，似乎不是特意为迎客而焚烧，室内洋溢着清净闲适的气息。此时，传来女主人的吩咐声："关好门窗，今夜恐会降雨，将车停在门边，安排好随从住宿。"有人低语："看来今晚要睡个好觉。"想必有所顾忌，说话声音都很轻，然近在咫尺，声音依稀入耳。

男子与女主人叙谈近况，不觉已是深夜，室外偶尔传来鸡鸣。两人促膝长谈，直到拂晓时分，此时鸡鸣声已此起彼伏。起初，男子心存忧虑，但转念一想，在此僻静的乡野之地，不必在意他人耳目，亦不必趁夜色匆忙赶回，于是，继续闲谈，直到晨光自门缝隙射入室内，才与女子依依惜别。

暮春之晨，空气清新，草木新绿，充满了别样的情趣。男子频频回首，直到院内的那棵高大的连香树从视野中消失。

第一〇五段

冬日清晨，宅邸北面的背阴处，残雪已失去柔性，凝为坚硬的冰雪。停放于附近的牛车之辕，亦落满白霜，黎明残月下，熠熠发光。天空有浮云，不十分晴朗。御殿长廊，清冷寂静，廊柱间的横木上，某出身高贵的男子，与一女子并肩而坐，低声私语。女子容貌清秀，身体散发的清香，沁人心脾。两人的说话声断断续续，极富情趣。

第一〇六段

　　高野证空上人[①]，骑马行走在去往京城的路上时，与某骑马女子擦肩而过。为女子牵马引路的仆人，不慎撞到证空上人，上人连人带马跌入路边壕沟。

　　上人勃然大怒，破口大骂道："岂有此理！四部弟子[②]，比丘之下为比丘尼，比丘尼之下为优婆塞，优婆塞之下为优婆夷。汝一优婆夷，竟敢撞倒比丘，恶劣行径，前所未闻。"牵马仆人闻之，感觉莫名其妙，说："所言之意，我未听懂。"上人闻之，愈加气愤，暴跳如雷："汝缺少教养，乃无学之辈！"然而，话音刚落，似乎感觉所言有失体面，便吩咐下人调转马头，逃之夭夭。

　　上人的言行耐人寻味！

①高野证空上人：高野山之高僧，生卒年不详。

②四部弟子：佛门弟子，指比丘、比丘尼、优婆塞、优婆夷。比丘为出家受具足戒的男僧，比丘尼为出家受具足戒的女僧，优婆塞为受戒而未出家的男信者，优婆夷为受戒而未出家的女信者。

第一〇七段

女人主动搭讪调侃时，沉着应对的男人极少。

龟山院在位期间，每当有年轻男性朝臣进宫，擅长恶作剧的宫中女官便问："是否听到了杜鹃的啼叫？"某大纳言答道："我乃无名鼠辈，未曾听到。"堀川内大臣①说："似乎在岩仓②听到过。"于是，女官挑剔道："如此回答无妨，只是'无名鼠辈'听来别扭。"

男人若不想被女人嘲讽，须自幼修炼。传闻净土寺前关白③说话得体，得益于幼时受安喜门院④的细心调教。山阶左大臣⑤坦言："宫中女官中，有善恶作剧者，与其相遇，尤感拘谨，说话亦格外谨慎。"的确，世上若无女人，男人便无须讲究衣冠装束，也不必在意仪表言行。

如此令男人费尽心机的女人究竟如何？女人本性

偏执乖戾，贪得无厌，不明事理，易陷困惑，长于口
舌之辩。本是无关紧要之事，问之却敷衍搪塞，煞有
介事地保持沉默；以为富有涵养，然无人问津时，却
喋喋不休；以为深思熟虑，善于遮掩，却总是轻易败
露，而本人则毫无察觉。如此，女人愚蠢、虚伪、顽固。
投其所好，任其随心所欲，乃男人之悲哀，故男人不
必介意女人。女人即使才智超群，亦冷漠高傲，缺乏
亲切感。只有当男人深陷迷茫困惑，对女人百依百顺
时，方感女人的温柔可爱。

①堀川内大臣：源具守（1249—1316），第九九
段的"堀川相国"源基具之子。

②岩仓：山城国爱宕山郡上贺茂。

③净土寺前关白：以往的注释书中认为是九条师
教，但该人并无净土寺之称号，而其父忠教（1243—
1332）之母为净土寺相国公房之女，又为安喜门院之妹，
故净土寺前关白应该是指忠教。

第一〇七段

④安喜门院：后堀河天皇的皇后藤原有子（1207—1286）。其父为太政大臣三条公房，号称净土寺相国。

⑤山阶左大臣：西园寺实雄（1217—1273），弘长元年（1261）任左大臣，后出家。

第一〇八段

　　无人珍惜光阴，是因懒惰而不愿意珍惜，还是因愚蠢而不懂得珍惜？若对那些愚蠢且懒惰的人进言劝诫，我想如此说：一文钱微不足道，然日积月累，穷人亦会变富翁。因此，商人最懂珍惜分文。瞬间，虽极为短暂，若不珍惜，生命的终期将很快来临！

　　修行者，不应为遥远的未来着想，而应珍惜当下，勿让瞬间白白地流逝。若有人告知，明日将会离开人世，那么夜幕降临之前，将以何为精神寄托，准备做何事？活在世上的今日与离开人世的明天，有何区别？一日之内，人们为饮食、睡眠、排便、说话、走路等不得已之事消耗了太多的时光，剩余的时光已极为有限。若再做无益之事，讲无益之语，想无益之事，如此日复一日，虚度年华，可谓愚蠢至极。

　　谢灵运^①皈依佛门，笔受^②《法华经》，然内心无法割舍山水，故慧远^③未批准其加入白莲^④。不珍惜光阴、不专心修行，与死人无异。人究竟为何而珍惜光阴？内不受杂念困扰，外不为杂事缠身。欲制止恶行便去制止，欲修行善道就去修行。

---

　　①谢灵运（385—433）：中国南北朝时期著名山水诗人。

　　②笔受：将译者口授的汉文进行笔录并润色。

　　③慧远（334—416）：东晋时期高僧。师从道安接受佛学，精通大乘教义，在庐山开创东林寺。

　　④白莲：白莲社。慧远倡导成立的，通过念佛修行期待往生净土的组织。

第一〇九段

　　某人以擅长攀树闻名，某日，指使手下人攀树剪枝。当手下人攀至危险处时，其未做任何警示。当手下人自高而下，即将接近地面时，却反复提醒。于是有人问："离地面如此近，即使跳下也无妨，又何必提醒？"答曰："当攀至危险处时，本人亦小心谨慎，此时无须提醒，失败易发生在最安全处。"虽出身低微，然听其言，如闻圣人训诫。

　　踢球亦如此。认为难踢时，却踢得很好；认为容易时，却总会出现失误。

第一一〇段

　　向双六①名家请教克敌制胜之法时，名家回答："不以获胜为目的，应为不败而努力，对垒时，考虑到如何才会招致失败，从而谨慎避之，即使是一局，亦不轻易言败。"

　　此可谓名家教诲，富有哲理。修身、治国之道亦如此。

---

　　①双六：两人玩的游戏。在画了十二条线的棋盘上，双方各摆黑白棋子十二枚，将两个骰子放入竹筒中摇晃，根据出现的点数走棋子。

第一一一段

　　某位高僧曾言："日夜沉迷于围棋、双六者，其罪孽比犯四重①五逆②还深。"此乃至理名言，至今仍言犹在耳。

---

　　①四重：佛教中的四重罪——杀生、偷盗、邪淫、妄语，简称淫盗杀妄。

　　②五逆：佛教中的五逆罪——杀父、杀母、杀阿罗汉、出佛身血、破和合僧。

第一一二段

　　只在心静时方可完成之事，不宜交给即将远行者。身逢急事或深陷悲痛时，无心关注他事，亦无暇顾及他人，他人亦不会因此而抱怨憎恨。年事已高、疾病缠身者如此，遁世出家者亦然。认为世间规则难脱，习俗不容忽视，诸事疲于应酬，困扰将层出不穷，以至身心疲惫、无暇静心。每日忙于琐事，顾及人情，终将空无所获。

　　日暮途远，时光蹉跎，欲弃诸缘，正当此时。故无须恪守信义，亦不必顾及礼节。若不理解此番心情，可视我为狂人，嗤笑我缺少理智，丧失了爱心。我不会因受到诽谤而痛苦，亦不会因得到赞誉而欣喜。

第一一三段

年过四十，偶尔耽于男女之情，实属无奈，若逢人便说，则有失体面。不论耳闻，还是目睹，最令人难以忍受的是：老人夹杂在年轻人中谈笑风生。自己微不足道，却动辄言及名人大家，炫耀与其关系亲密；本来家境贫寒，却一味追求门面排场。

徒然草

第一一四段

　　今出川大殿①前往嵯峨，途经有栖河渡口，养牛人赛王丸扬鞭赶牛急行，牛足溅起的水花，落到车前横板上。坐在车尾的为则②气急败坏，怒斥赛王丸道："在水流急处赶牛，岂有此理！"大臣闻之不悦，责备为则道："汝不懂赶车套路，还不及赛王丸！"说毕，按住为则的头部朝车上撞。此赛王丸远近闻名，乃侍奉于太秦殿的养牛人。太秦殿侍女们的名字皆很奇特，因太秦殿的主人特别爱牛，故侍女们的名字皆与牛有关。

---

　　①今出川大殿：太政大臣西园寺公相（1222—1267），弘长元年（1261）任太政大臣，不久辞任。大殿，对大臣的尊称。

　　②为则：生平不详，可能是侍奉西园寺公相的人。

158

第一一五段

　　宿河原①聚集了众多虚无僧。某日，正当进行九品念佛②时，一外地虚无僧前来询问："此地可有名曰惜色房者？"人群中有人回答："我便是。"外来虚无僧自我介绍道："我乃白梵字，师父在关东时，为一僧人所杀，其人名为惜色房，今日特来此报杀师之仇。"惜色房曰："为报师仇，远道而来，其志可嘉！不瞒汝说，确有此事，但若在此拼杀，恐污佛门，故去河边交手为好，在场的各位，请勿为任何一方助威，若因决斗而困扰了诸位，将会妨碍修行。"白梵字说毕，与惜色房同赴河边，双方奋力拼杀，同归于尽。

　　过去并未听说过虚无僧，似乎出现于近年，据说其名源于梵文。虚无僧身着破衣烂履，蓄发披肩，看似超脱了世俗，其实私欲极强。名义上修行佛道，实则以争斗为能事。虚无僧任性、不知廉耻，但视死如归，活得潇洒。依据民间传言，我记下有关事迹。

---

①宿河原：古时的武藏国橘树郡稻田村（今神奈川县川崎市）。

②九品念佛：九类极乐净土，为出生在各自的世界，适应各自的世界而诵读佛经。

第一一六段

除寺院外，为物命名，古人从不追求奇特，而以实事求是、简明易懂为旨。今人为物命名，总是费尽心机，有意炫耀学识，实在令人厌恶。为物命名，特意使用乖僻文字，说来极其无聊。无论何时，刻意追求稀奇、与众不同，乃浅学者所为。

第一一七段

以下七类人不适合交友：

一、身份高贵者；二、年少者；三、身体强健无疾病者；四、嗜酒如命者；五、武士；六、说谎者；七、贪婪之辈。

适合交友者有三类：

一、爱赠物者；二、医师；三、智者。

第一一八段

　　据说，若食用鲤鱼羹，当日，鬓发不会散乱。鲤鱼可制胶，有黏性。鱼类中，仅鲤鱼可在天皇、上皇面前切剖，故被视为上品。鸟类中，雉为上品，故雉鸟、松伞蘑可在御汤殿悬挂，其他鸟类则不适。

　　某日，北山入道①见中宫②御膳房食架有雁，于是书信与中宫，说："此等低级之物，置于御膳房食架，极不谐调，有失高雅。是否宫中无得力之人？"

---

　　①北山入道：西园寺实兼（1249—1322），正应四年（1291）任太政大臣，正安元年（1299）出家。

　　②中宫：这里指后醍醐天皇的中宫藤原禧子。

第一一九段

　　镰仓①近海，有鱼名鲣，近来备受青睐，成为至上佳肴。然而，据当地年迈者所言，昔日，此鱼从未出现于高贵人家的餐桌上，普通百姓亦只食其鱼身，弃鱼头。

　　今世衰微，连鲣鱼亦进入上流社会。

---

　　①镰仓：神奈川县东南部的城市。建久三年（1192）源赖朝在此设立幕府，后称镰仓幕府。

第一二〇段

　　来自大陆之物品，除药品外，其他可有可无，无关紧要。汉文书籍，岛内已多有流传，平日可传抄阅读。昔日，商船冲破重重险阻，千里迢迢，从国外满载货物而归，实为荒唐之举。岂不闻古书有云："不宝远物。"又云："不贵难得之货①。"

---

　　①不贵难得之货：出典于《老子》："不尚贤、使民不争。不贵难得之货，使民不为盗。不见可欲，使民心不乱。"

第一二一段

作为家饲动物，牛马不可少，将其用绳索束缚，的确可怜，然实属无奈。狗能护家防盗，适合饲养，只是饲养者众多，不养亦未必不可，其他鸟兽则无须饲养。野兽被圈进栏中，套上枷锁；飞鸟被困入笼中，剪掉羽翅。然而它们无时不怀恋白云，思念山野。设身处地为它们着想，就会体察其痛苦。有慈悲心者，不以饲养鸟兽为乐。虐待生物，满足私欲，乃暴君桀纣之所为。王子猷①爱鸟，见鸟儿在林间欢快嬉闹，自由自在，便视为逍遥之友。古书中说：外国珍奇鸟兽，不宜在国内饲养。

---

①王子猷：东晋时期书法大家王羲之之子，名徽之，字子猷。书法家，以爱竹闻名。

第一二二段

　　提起学问才艺，首先要通晓古典，理解圣人教诲。其次，擅长写作。即使非专攻，亦有必要习得，有助于学识。另外，医术可强身健体、拯救生命，欲忠孝两全，学医至关重要。骑射属六艺，亦须掌握。文、武、医，缺一不可，有人要学，不可视为无益。

　　民以食为天，善于调节口味，可谓特长。工艺亦多有用途，而其他才艺，若不实用，擅长则反受其辱。擅诗歌，通音乐，乃高雅之道，君臣皆重视。然当今之世，依此治理，与现实不符。如同黄金，尽管贵重，却不及铁实用。

第一二三段

做无益事，浪费时间，如同做蠢事、错事。

人生在世，为国家、为君主，不得已而为之事很多，剩余时间所剩无几，然而还要为生存而奔波劳作。衣、食、住至关重要，人皆以无饥寒威胁、不受风雨袭扰、安稳平静度日为最大快乐。然人生在世，生病在所难免，一旦生病，便苦恼不断，故医疗不可少。外加药品，若此四项求之不得，则谓贫穷；若四项俱全，可谓富有。得此四项，若仍有所求，便是奢侈。若勤俭节约，以此心满意足，可谓最佳。

第一二四段

是法法师①乃净土宗学僧，学识超群，却从不以学僧自居，平日致力于念经修行，其平静度日姿态，令人钦佩。

---

①是法法师：与兼好同时代的僧侣、歌人。

第一二五段

　　某人死后第四十九日，高僧应邀讲法，其讲解精彩绝伦，听者皆为之动容。高僧离开后，众人感慨不已，纷纷赞叹："比起往日，今日讲法别具一格。"然有人说："此人如唐犬。"此言既出，众人皆感滑稽可笑，责怪他不该如此赞扬高僧。

　　那人又说："劝人饮酒，却自己先饮，再强迫别人，如用剑杀人。剑有双刃，提剑先砍自己，就无法砍倒别人。与此相同，饮酒时，若自己先醉，便无法劝别人，别人就不会再喝。"闻其所言，仿佛尝试过用剑砍头一般，实在滑稽可笑。

第一二六段

　　某人说："赌博时，若对手连战连败，以致孤注
一掷，便可认为其反败为胜的时机已到，不可再与之
争锋。清醒判断时机，及时制止冒进，乃擅长赌博者。"

第一二七段

改也无益的事，最好不改。

第一二八段

雅房大纳言①学识渊博，人品出众。正当上皇欲晋升他为近卫大将时，某近臣进言道："近日，偶然目睹了令人发指的一幕。"上皇询问其由，来人陈述："我自墙角洞口窥见，雅房卿为猎鹰觅食，竟将狗腿砍断。"上皇闻之，顿觉雅房卿可恶，从此不再宠爱，晋升一事因此搁置。雅房卿身居高位，其养鹰一事，虽出人意料，然砍狗腿之说，并无根据。雅房卿遭谣言中伤，实为遗憾，然听信谗言的上皇，其心情亦难能可贵。

以屠害生灵，使其争斗为乐，如牲畜自相残杀。细观生物世界，上自鸟兽，下至昆虫，皆爱幼子，体恤同族，夫妻相随；时而嫉妒，时而发怒，虽爱身惜命，却无知蒙昧。使其蒙受痛苦，夺其性命，实在可怜。不善待生灵，无慈悲心者，乃缺少人性。

①雅房大纳言：源雅房（1262—1302），太政大臣源定实之子，永仁三年（1295）任权大纳言。

第一二九段

不使他人蒙受痛苦，乃颜回恪守的信条。

欺辱、虐待，皆为悖德行为，即使身份卑微，亦应予以尊重，不可辱其志。世上总有人以哄骗、威胁、戏弄儿童取乐，大人虽非出自本意，儿童所受刺激却非同小可，会自内心感到恐惧、羞耻、痛苦。以困扰儿童取乐，乃缺少慈悲者。对大人而言，喜怒哀乐，虽为一时表象，但无人不信其有。说起伤害，伤其心比伤其体更损害健康。

生病多起因于内，来自体外之病则较少。生病时，有时想吃药发汗，并不见效，然蒙受耻辱或感到恐惧时，必出冷汗，此乃精神驱动肉体缘故。某人为凌云观题匾，登高楼时因过度恐惧，毛发瞬间变白，此可谓典型。

第一三〇段

不与人争，先人后己，乃为人之道。

无论做何游戏，喜好一决胜负，乃以制胜取乐。认为自己技高一筹，便沾沾自喜；一旦失败，便失落沮丧。在他们看来，以自身失败，换取别人快乐，非游戏乐趣所在。击败对方，使其心生惋惜懊悔，以此寻开心，违背做人之道。

与朋友开玩笑，玩弄欺骗之术，以彰显机智过人，因此自鸣得意，亦非德者所为。宴会上本该怡情悦性，却因戏言调侃而引发不快，令人大失所望，以致长期结怨。世上多有此例，皆因争强好胜。

要想胜过别人，最好专于学问，磨炼自身才智，不以己之长为荣，懂得做人不应争强好胜。敢于辞去要职，放弃利益，乃学问的力量。

第一三一段

　　贫者不以赠送钱财为礼节，年迈者不以卖力为酬谢。对自身有清醒认识，意识到愿望无法实现而及时放弃，乃明智之举。若不予原谅，乃对方之误；若无自知之明，强行为之，则会咎由自取。贫困却不自量，就会行；年老还要逞强，就会生病。

第一三二段

鸟羽新道①，并非鸟羽殿②建造后之名称，而是自古以来便有。元良亲王③的新年致辞，声音极其洪亮。《李部王记》④中记载道：声音自大极殿⑤一直传至鸟羽新道。

---

①鸟羽新道：自京都市下京区九条四塚通往上鸟羽、下鸟羽的大道。

②鸟羽殿：白河天皇应德三年（1086）在下鸟羽建造的宫殿。

③元良亲王（890—943）：阳成天皇之第一皇子，著名歌人。

④《李部王记》：亲王日记，亦称《重明亲王记》《重记》《李部日记》《李部王年年记》等。李部王，醍醐天皇之第四皇子式部卿重明亲王（906—954）。

⑤大极殿：天皇处理朝政，举行朝拜、即位等大礼的正殿。

第一三三段

　　天皇就寝时，御枕总是朝东放置。枕朝东方，身体易受阳气，因此，孔子就寝头朝东方。若按寝床设置方式，亦常见枕朝南之例。

　　白河院①就寝头朝北，对此，有人劝谏："就寝时，忌讳枕朝北，因伊势国位于京都以南，御足朝太神宫方向不吉。"天皇向伊势太神宫遥拜时，面向东南方，而非正南方。

---

　　①白河院：白河天皇（1053—1129）让位后的称呼。应德三年（1086）让位后，实行院政。

第一三四段

高仓院①法华堂三昧僧②中，有一律师③，某日照镜，见自己容貌异常丑陋，感到上天不公平，从此惧怕照镜，甚至不敢触摸，亦不再与人交往，除寺内例行活动，平日深居家中，闭门不出。我闻此事，不胜感慨，感其行为可贵。

看似聪明睿智者，却只会推测他人，不了解自己。不了解自己，便不解他人。了解自己，乃明事理者。容貌丑陋，却一无所知；想法愚蠢，却毫无察觉；不知技艺拙劣，地位卑下；不知年事已高，身患疾病；不知死期将至，修行未果；不知自身不足，便不知别人指责。

相貌如何，照一下镜子便知；年迈程度，算一下年龄即可。世间许多人，并非不了解自己，而是不明做法，说来与不知无异。并非要改变相貌，刻意使自己年轻。既知相貌丑陋，何不隐身而退？既知年老体衰，何不闲居休养？既知愚鲁笨拙，何不反躬自省？

不受欢迎却与人交往，此乃不知廉耻。相貌丑陋、反应迟钝，却爱出头露面；才疏学浅，却总与学识渊博者交往；技艺拙劣，却与能工巧匠同席而坐；白发苍苍，却总与年轻人为伍。幻想不着边际之事，哀叹无能为力之事，期待本不可能发生之事。对他人阿谀逢迎、百般讨好，此并非别人强加的耻辱，乃本人利欲熏心、自欺欺人而已。

欲望永无休止，皆因未悟死亡已迫在眉睫。

---

①高仓院：高仓天皇（1161—1181）让位后的称呼。仁安三年（1168）即位，治承四年（1180）让位。

②三昧僧：研修法华三昧的僧人。

③律师：仅次于僧正、僧都的僧官。

第一三五段

　　某日，资季大纳言入道①遇具氏宰相中将②，说：
"足下若有问，无论何事，我将一一作答。"具氏宰
相中将半信半疑，问道："此话当真？"资季大纳言答：
"不妨一试。"具氏宰相中将曰："正经学问，我所
知甚少，无从请教，仅有寻常琐事，令我困惑已久，
愿闻其详！"资季大纳言道："无论何事，皆可详细
作答，岂止琐事？"闻其言，御前近侍、女官皆曰："此
为有趣争论，可在御前对答，败者备膳，宴请诸位。"
于是，二人到御前对决。

　　具氏宰相中将曰："有一句话为'马之吉了狐之
尾之中凹入衢连动'③，本人自幼闻之，却不解其意，
能否予以解释？"资季大纳言顿时瞠目结舌，搪塞道：
"此乃无聊之事，不值一提。"具氏宰相中将曰："事

先已说明，本人不懂深奥学问，故以琐事请教。"资季大纳言无言以对，按事先约定，备盛餐宴请众人。

---

①资季大纳言入道：藤原资季（1207—1289），正元元年（1259）四月任权大纳言，文永五年（1268）十月出家。

②具氏宰相中将：源具氏（1232—1275），文永四年（1267）任参议，兼任近卫右中将。宰相，参议的唐名。

③马之吉了狐之尾之中凹入衢连动：音译。一种文字游戏，其意不明。

第一三六段

　　医师笃成①侍奉法皇②时，负责食膳。某日，适逢法皇用膳，便说："殿下若想了解膳食，无论其文字来源或食用效能，本人将尽力答复。若背诵出来，可核对《本草》药书，绝不会出现失误。"当时，六条故内府③亦在场，闻笃成所言，便说："可否请教「しお④」之汉字偏旁？"笃成答道："土。"内府闻之，捧腹大笑，说："足下才华，我已领教，仅此而已。"

　　笃成满面愧色，悻悻离去。

---

　　①医师笃成：和气笃成。典药头，大膳大夫。

　　②法皇：后宇多天皇（1267—1324），文永十一年（1274）即位，弘安十年（1287）让位，曾两次执掌院政。

③六条故内府：内大臣源有房（1251—1319）。内府，内大臣的唐名。

④しお：日语中如今写作汉字「塩」，笃成据此回答，却反被耻笑，原因是「塩」为俗字，其正书为「鹽」，偏旁应为"皿"。

第一三七段

难道樱花只在盛开之时最美，月亮只在晴朗的夜最迷人吗？细雨蒙蒙里，依恋隐于云中的月；深居家中，不知春天已悄然远去，想来亦有无限的情趣。同样，含苞欲放的樱花、落花时节的庭院，看上去亦有无尽的魅力。和歌序言中写道："去看花时花已凋谢。""因事错过赏花时节。"比起盛开时的赏花，此亦毫无逊色。目睹飞花与落月，谁不怀有惋惜之情？然不懂物之情趣者，面对花谢后的樱树，总是无奈地感叹："花已落尽，无可观赏。"

不仅是花和月，任何事物，开始和结束时最富情趣。男女之情，并非形影不离、终日厮守最好。品尝未牵手而别的痛楚，感叹相聚时光的短暂，漫长的秋夜，感受孤独和寂寞，思念远方的心上人，留恋昔日相会于草堂的情景，乃真正懂得爱之情趣。

晴朗之夜的圆月自不必说，黎明之时的残月亦有情趣。月在深山杉树的枝叶间时隐时现，或悄然隐没于即将带来阵雨的浮云中，亦情趣无限。月光静静地洒在椎柴、橡树上，含着雨滴的树叶熠熠生辉，沁人心脾。此时，多么渴望有人共赏！于是怀恋远在京城的人。

花月并非仅凭目视观赏，只要花月在心中，即使春日不出家门，秋夜深居宅内，亦会感到别样的情趣。知品位、懂风雅者，无论何事，都从不显示特别的好奇心，即便欣赏，亦平静淡然。只有那些不懂风雅的乡野俗人，才会对任何事物都显示出强烈的好奇心。赏花时，他们紧靠树干，目不转睛。在花下饮酒作歌，离开时，随手折走花枝。遇到泉水，便伸手涉足；遇到积雪，就踏足踩印。对任何事物，不知保持距离，不以旁观者姿态欣赏。

如此不懂风雅的乡野俗人，在观看贺茂祭时，表现得尤为庸俗。巡游队列到达前，他们感觉在看台上等待无聊，于是到室内下棋打牌、饮酒作乐。当看守告知巡游队伍到来时，便争先恐后地拥上看台，甚至竹帘都几乎被他们挤落。他们对巡游队列品头论足，唯恐看漏每个细节。巡游队列刚过，便纷纷离开看台，聚在室内，等待后续巡游队列到来。其目的无非是凑祭日的热闹。与之相反，知品位、懂风雅者，则对巡游队列显得无动于衷。年轻侍从，静立于主人身后，举止得体，无人争相观看。

葵叶点缀的巡游山车，别致优雅。夜色未褪尽时，车辆陆续而至。人们对乘车主人进行各种猜测时，竟发现驾车人和随从中，有自己认识的人。过往的牛车五花八门，有的情趣盎然，有的富丽堂皇，目睹此景，不由地感慨万千。待到日落时分，长龙般的车队、拥挤的人群逐渐散去，不知何时，牛车上的竹帘和草席亦被撤除，街道上，一派萧条冷清。此情此景，令人倍感无常。观京城大街一日变化，方知何为祭日之趣。

聚集在看台前的人群中，亦有不少熟悉面孔。于是感叹世人并不多，即便这些人死后，自己才离世，亦无须多久。如同在盛满水的容器上钻入小孔，尽管自小孔漏水极少，但不久会流尽。都市人口虽多，然每日都有死亡者。鸟部野、舟冈等墓地自不必说，即便是旷野上也埋葬着很多死者，以至售棺人未将棺木放入店内便已售罄。死亡无法预料，年轻力壮者亦无法阻挡，能死里逃生，实乃万幸。总以为自己不会突然死去，未免过于天真。

有名曰继子立[①]的游戏，其做法为：布棋后，依顺序取，若取其一，余下棋子可一时幸免，然随着逐一被取，所有棋子无一幸免。武士奔赴战场前，已料定死亡，因此努力忘却家人、忘却自己。隐于远离尘世的草庵里，置身于清静闲寂的自然中，便认为死亡与己无关，可谓不明事理。在寂静的山林，死神亦会降临，如武士奔赴战场。

---

①继子立：应用算术的一种游戏。将黑白棋子各十五枚按顺序摆好。将其中之一作为起点开始数，首先去掉第十枚棋子，然后从后面的棋子中，沿着相同方向数，将数到整十的棋子去掉，以此类推，最后仅剩白棋子。

第一三八段

　　某人说："贺茂祭日一结束，葵叶便是无用之物。"于是指示左右取下帘上悬挂的葵叶。此举未免不谙风雅，缺少情趣，然贵人所言，必有其由。

　　周防内侍[1]家集中，有歌咏道："枯葵空垂帘，共赏人未见。"歌中所咏，乃悬挂于正殿帘上的枯葵。古歌序中，有"枯葵中赠歌"的描述，《枕草子》中说："往昔之恋如枯葵。"此喻富有情趣。鸭长明[2]所著《四季物语》中，亦见类似描述："优雅的垂帘上，依稀可见贺茂祭日残留的枯葵。"目睹枯萎的葵叶，已惋惜不已，更哪堪将其无情抛弃？

　　垂挂于御帐上的药球，在重阳节将被菊取代。因此，端午的菖蒲，可保留至菊花绽放时节。枇杷皇太后宫[3]离世后，辨乳母[4]见御帐上残留的枯菖蒲、药球

等，于是歌咏道："未折根尚存。"对此，江侍从⑤咏
歌作答："菖蒲草犹在。"

---

①周防内侍：本名仲子，生卒年不详。

②鸭长明（1155—1216）：镰仓初期歌人。出家
后法号莲胤，著有《方丈记》《发心集》《无名抄》等，
传说《四季物语》亦出自其笔，但并无确凿证据。

③枇杷皇太后宫：藤原道长的次女藤原妍子（994—
1027），后为三条天皇的中宫，生阳明门院，宽仁二
年（1018）成为皇后，三十四岁出家。

④辨乳母：加贺守藤原顺时之女，阳明门院的乳
母，歌人。

⑤江侍从：歌人，文章博士大江匡衡（952—
1012）之女，其母亲为著名歌人赤染卫门。

第一三九段

　　家院栽植的树木中，樱、松最理想。松类中，五叶松最好，樱以单瓣花为佳。昔日，八重樱只植于奈良城，而今已在多地栽培。吉野、左近之樱，其花皆为单瓣。八重樱与众不同，其色浓艳，性格乖僻，不宜在家院栽植。晚开的樱花让人扫兴，生虫的樱树令人不爽。

　　梅以白梅或浅红梅为佳，早开的单瓣梅，清香的八重梅，各有情趣。晚开的梅花，若遇绽放的樱花，会被其气势压倒，那苟延残喘般寂寞开放的情景，令人感伤。京极入道中纳言[①]说："比起其他种类，单瓣梅花开得早、谢得快，虽有急躁之嫌，倒也别有情趣。"据说中纳言亦爱单瓣梅花，将其栽于房檐下。一条京极宅邸南侧，至今仍有两株梅树。

除梅之外，柳亦富有诗意。四月的枫，其新绿之美，胜过鲜花和红叶。橘、连香则以参天古树最具魅力。草类以唐棣、紫藤、杜若、抚子为佳。池塘植物中，莲最好。秋草中数胡枝子、狗尾草、桔梗、荻、女郎花、泽兰、紫菀、地榆、黄背草、龙胆等为好。菊中白菊最有情趣，黄菊亦好。常春藤、葛、牵牛乃矮小植物，攀附于墙头，生长茂盛，但缺少情趣。此外，还有多种珍奇植物，其中一些名为唐风，晦涩难懂，缺少亲切感。一般来说，珍奇难得之物，乃不懂情趣者极力推崇之物，此类物没有为好。

---

①京极入道中纳言：藤原定家（1162—1241），藤原俊成之子，又称小仓黄门。镰仓时代歌人、古典研究家、《新古今和歌集》编撰者之一。宽喜四年（1232）任权中纳言，同年罢官，翌年出家。

第一四〇段

　　为后人留财富，非明智之举。若非紧要物，遗留亦无益。临终时，想到从此将与多年珍爱之物无缘，便深感遗憾。积累财物并非好事。后人认为自己是继承者，导致兄弟之间发生争执，说来极不光彩。若有财物遗留后人，最好生前移交。除日常用品，其他最好不留。

第一四一段

悲田院^①尧莲上人^②，出家前姓三浦，乃举世无双的武士。

某日，自故乡关东来人，闲谈时对上人说："关东人说话靠谱，京城人不可信任，对别人所托之事，虽口上答应爽快，但并不履行诺言。"对此，上人辩解道："此为汝之想法，我久居京城，已习惯城中习俗。据我所知，京城人心地善良，富有人情味。别人所托之事，很少断然拒绝，总是碍于情面答应。有时，虽无法履行诺言，也绝非欺骗，只是生活贫困而已。关东乃本人家乡，家乡人虽性格直爽，其实并不和善，缺少人情味，待人接物，不设身处地为对方着想，对自己不喜好之事，总是断然回绝。只因生活富裕，感觉上靠得住而已。"

尧莲上人乡音浓重，性格粗犷，看似不谙佛道，然讲话条理清晰，令我一改往日印象。众僧中，只有上人成为悲田院住持，想必亦因其性情随和，富有爱心。

①悲田院：设立于平安京的东西两处，是收养、医治孤儿和病人的寺院。

②尧莲上人：生平不详。

第一四二段

看似不谙情趣者，偶尔亦会说出令人叹服之言。

某武士性情粗野、面目狰狞，某日，问身边人："汝有子女否？"对方答："否。"武士说："既如此，汝不解人情。缺少爱心，想来令人感到恐惧。有子女，方能真正体会人情。"此言至情至理。不懂骨肉之情，岂有慈悲之心？即使不孝之人，有了子女，亦会体察父母心。

遁世弃俗、孤身漂泊、心无牵挂者，目睹身边有父母妻儿者，平日对别人阿谀逢迎、不顾廉耻、欲念深重，便对其鄙夷不屑，此实为不妥。设身处地想，便会懂得，为深爱的父母和妻儿，谁都会有时迫于无奈而低三下四。为生计，为生存，甚至会违心偷盗。因此，与其将其视为罪犯绳之以法，莫如改善政道，使天下人都免受饥寒之苦。

人无固定资产，便无稳定情绪，被逼无奈，有时会行盗。生活得不到改善，蒙受饥寒之苦，犯罪就永远不会杜绝。让人民忍受贫困，触犯刑法，乃不解人情。想让人民享受善政的恩泽，就要制止统治者奢侈浪费，体恤人民，奖励农业。当人民丰衣足食，获得应有利益，触犯法律者便自然减少。如此，若仍有作恶者，便是真正的犯罪。

第一四三段

　　提到人临终时的言谈举止，总有人以为不同寻常，此未免言过其实，小题大做。用"平静安详"一词描述，本来已十分贴切，然愚蠢人总爱添枝加叶，过分强调神秘，将临终者最后的言谈举止，按自身的喜好解读，极力渲染，此并非故人平生所愿。对临终时的言谈举止，权化人①不能确定，博学者亦无法推测。只要未违背本人信念，便无须受制于别人言行。

---

　　①权化人：为解救众生而临时改变形态现身的神、佛、高僧等。

第一四四段

　　栂尾上人[1]行路时，见某人在路边溪水中为马洗身，口中念道："脚，脚。"上人闻之，不胜感慨，于是上前问道："此言珍贵！'阿字'乃创造宇宙用语，想必是前世所积善根，在今世已结成善果。请问足下为哪位大人洗马？"洗马人答："此乃府生殿[2]御马。"上人闻之，顿时热泪盈眶，感叹道："阿字本不生，足下与佛结缘，善哉，善哉。"

---

　　①栂尾上人：明惠上人（1172—1232）。文治四年（1188）出家，学密教。建永元年（1206），其根据后鸟羽上皇的敕令，在栂尾山建古寺，号高山寺（位于京都市右京区梅畑高尾），被奉为华严宗中兴之祖。

②府生殿：近卫府下级官吏。日语中有很多同音字，明惠上人把洗马人说的"府生"错听为"不生"，将"脚"字听成了梵文中的"阿字"。

第一四五段

　　秦重躬与武士信愿入道同为上皇贴身护卫，曾预言信愿入道有落马之相，平日须谨慎小心。对此，人们付之一笑，直到某日信愿入道果真落马而死，方心悦诚服，感深谙此道者，其言犹如神灵启示。于是有人问："何为落马之相？"重躬自信满满地答道："爱骑烈马，乘坐时，臀部自马鞍抬起，便有落马之相。对此，吾从未失言。"

第一四六段

　　某日，明云座主①问相面者："我是否会遭杀身之祸？"相面者答："确有此相。"座主又问："此为何相？"相面者道："本无须担忧受害，却一时心生疑虑，便是遭此灾祸之前兆。"果然，明云座主中流箭身亡。

---

　　①明云座主：比叡山延历寺第五十五及第五十七世座主。

第一四七段

　　据说用针灸治病，若留下的痕迹过多，祭神时就会忌讳。过去未闻此说，近来有人提及，实则无任何根据。

第一四八段

　　人过四十岁，使用针灸治病，若非"三里"穴位，则有时会感觉头晕，故用针灸治病，非此穴位不可。

第一四九段

　　不可用鼻闻鹿茸。据说鹿茸内附有小虫，会从鼻孔钻入脑髓。

第一五〇段

　　渴望掌握某种技艺者常说："技艺娴熟前，切勿告知他人，须悄悄努力，待技艺精湛后，再展示方显高雅。"持如此想法，技艺永远不会精湛。

　　欲真正掌握某种技艺，应从最初便与技艺精湛者切磋琢磨，即使遭受贬斥嘲笑，亦不以此为耻，脚踏实地，勤学苦练，不懈努力。如此，即使缺少天赋，终将成为达人，令世上那些天生聪慧但不努力者自叹不如。技艺高超者，其技艺并非与生俱来，他们都曾受贬斥嘲笑，然而，因正确遵守技艺之道，虚心好学，持之以恒，最终成为众人仰慕者。

第一五一段

　　某人曰："年过五十，若某种技艺仍不娴熟，就应放弃。"至此年龄，即使努力，亦无济于事。老人做事，虽不被嘲笑，但以此为由，与年轻人为伍，则极不和谐。人到晚年，应懂得放弃，淡泊名利，安闲度日。终生被俗事缠身，乃愚蠢人。欲了解何事，可请教于他人，但应适可而止。对任何事情，不宜期待过多。

第一五二段

　　西大寺^①长老静然上人，驼背弯腰，眉发苍苍，一副长者风范。上人来宫中时，西园寺内大臣^②肃然起敬，资朝卿^③却不以为意，说上人只是年迈而已。

　　后来，资朝卿差人牵来一只长毛狮子狗，赠与西园寺内大臣。狮子狗老态龙钟、身毛脱落。资朝卿说，此狗看上去亦尊贵无比。

---

　　①西大寺：南都七大寺（其余六个为东大寺、兴福寺、元兴寺、大安寺、药师寺、法隆寺）之一，山号秋筱山，位于奈良市。

---

②西园寺内大臣：源实衡（1290—1326），正和五年（1316）九月任权大纳言，元亨四年（1324）四月任内大臣。

③资朝卿：藤原资朝（1290—1332），家号日野。曾为后醍醐天皇谋臣，参与王政复古，为北条所获，遭流放，六年后被杀。

第一五三段

为兼大纳言入道①被武士们团团围住，押至六波罗②检非违使厅③。在一条大街上，资朝卿目睹入道被捕情景，感叹道："真令人羡慕，吾亦渴望有此经历，作为今生留念。"

---

①为兼大纳言入道：藤原为兼（1254—1332），官至权大纳言，歌人，曾撰《玉叶集》。

②六波罗：源于六波罗蜜寺所在的地名，位于京都市东山区鸭川以东，五条与六条之间。

③检非违使厅：掌管京都治安等的部门。

第一五四段

　　资朝卿在京都东寺①门内避雨时，那里正聚集着众多畸形人。他们手脚扭曲、形状古怪，资朝卿见状，顿生怜悯之心，认为应予以关爱，然仔细观察，发现那些人极为丑恶，并非只是畸形。于是返家后，索性将培植多年的盆栽全部丢弃。

　　资朝卿追求奇异独特，平日喜欢欣赏形状怪异、造型奇特的植物。如今想来，犹如欣赏那些丑恶的畸形人。日常生活中，似乎确有此类事。

---

　　①东寺：位于京都市下京区九条町的金光明四天王教王护国寺的俗称。延历十二年（793）创建。弘仁十四年（823），嵯峨天皇将此赐予弘法大师空海，作为京都的镇护。

第一五五段

　　顺世俗，求生存，关键是要把握时机。

　　对时机判断有误，不仅不被认可，还会招致反感，做事亦不会成功。因此，无论何事，都要用心把握时机。然而生病、分娩、死亡却无法预测，亦不会因时机不佳而停止。生老病死，如水势凶猛的江河，滚滚向前，一刻不停。无论是修行佛道，还是顺应世俗，既无充分准备余地，亦不可犹豫不决。认定非做不可，便不可考虑时机。

　　季节变迁，并非春天过后，夏季才来临，也并非夏日过后，秋天才到来。春未结束时，便已孕育着夏的生机；盛夏里已有秋的气息，秋中已感冬寒；初冬十月亦有小阳春天气，此时枯草萌芽，梅花含苞。树木亦如此，并非枯叶落尽，新芽才萌发，而是枯叶无法承受树木内部的生命萌动而凋谢。万物皆如此，当具备质变条件时，新陈代谢便极为迅速。

与之相比，生老病死之变化更为迅速，四季更替尚有顺序，死神来临则出人意料，无序可循。死亡并不能预先感知，察觉时已悄然而至。人固有一死，对此，人尽皆知，然死亡的来临却令人始料不及，有时还未有思想准备，认为还极为遥远时，便突然降临，犹如远离海水的沙滩，因涨潮而瞬间被淹没一样。

第一五五段

第一五六段

　　新任大臣的就职宴会，通常借用适当宅邸举办。宇治左大臣^①新任仪式，举办于东三条殿。东三条殿时为天皇居住宫殿，左大臣申请在此举办仪式后，天皇便出游回避。即便非特殊原因，借用女院^②御所举办，亦乃自古以来惯例。

---

　　①宇治左大臣：藤原赖长（1120—1156），摄政关白藤原忠实之子，保延二年（1136）十二月任内大臣，久安五年（1150）任左大臣。

　　②女院：天皇之生母、准母、内亲王等皇室女性的尊号。院号为天皇所赐。

第一五七段

　　提起笔则想写字，拿起乐器则想弹奏，举起酒杯则想饮酒，抓起骰子则想赌博。如此，人心总是受外物触动，故不可为之事不为。有时，只因读了佛典中某句名言，便不由自主地浏览其前后内容，于是反省多年过失。若未翻阅佛典，怎会如此感悟？此乃机缘带来的益处。即使毫无修道之心，只要立于佛前，手捻佛珠，诵读经文，亦会践行善举；即使心神不定，只要端坐于绳床①，亦会渐入禅定。现象与真理原本统一，外在言谈举止若未背道，内心感悟便会自然产生，故佛前任何礼仪，即使只是形式，亦不可求全责备，应予以足够尊重。

---

　　①绳床：比丘日常需要携带的十八种物品之一，用绳制作而成的便于组合的座椅或坐垫，专用于坐禅。

第一五八段

　　有人问："杯底残留的酒，弃之不饮，是何缘由？"
我答："此谓'凝当①'，即倒掉杯底残酒不饮。"那
人说："非也，应称'鱼道'，意为留下杯底残酒，
用以清洗饮用时酒杯上留下的痕迹。"

---

　　①凝当："凝"意为凝结一处，"当"意为杯底。
这里意为饮剩的酒滴集于杯底。日语中，"鱼道"的
发音与"凝当"相似，而日语假名往往嵌入与词义不
相干的同音汉字，故后人往往就汉字本义做各种牵强
附会的解释。

第一五九段

　　某出身高贵者如此说："所谓蜷贝①结，是指将多股线结为一股，形状如蜷贝，故如此称呼，而读'尼那②'则是错误。"

---

①蜷贝：亦称河贝子，生存于河湖或水沟中的小贝。

②尼那：日语「にな」（nina）的音读，可能是「みな」（mina）的讹传。

第一六〇段

　　门楣挂匾，称作"钉匾"。或许感觉此称呼不妥，勘解由小路二品禅门[①]将其改称为"挂匾"。另有"钉看台"之说，似乎亦不恰当，改称为"平搭"，其实"筑台"最佳。"焚护摩[②]"之说欠妥，故称"修"或"护摩"。"行法"的"法"字，以清音读不妥，便改用浊音。清闲寺[③]道源僧正说："日常口语中，此类欠妥说法甚多。"

---

　　①勘解由小路二品禅门：藤原经尹。勘解由小路是其居住地，二品即二位宫内卿，禅门即皈依佛教之男子，女子则称"禅尼"。

---

②焚护摩：护摩为梵语，意为焚烧、火法，焚护摩即把献给神佛的供品投入火中的仪式。

③清闲寺：位于京都市东山区，原隶属天台宗，现属真言宗智山派。

第一六一段

　　樱花盛开季节，通常指自冬至起至第一五〇天，春分过后第七日。按自立春起至第七五日计算亦合理。

第一六二段

遍照寺①承仕法师②，平时驯养池鸟。某日，法师将鸟饵撒至堂内，然后开启一扇门，待众鸟飞入堂中，随即将门关闭，开始大肆捕杀，于是堂内哗然。

声音传至堂外，在寺院附近割草的某少年闻之，回村告知众人。人们闻讯赶来，涌入堂内，但见一大雁拼命挣扎，法师正将其按住，用力拧颈。众人逮住法师，押送至检非违使厅。法师被拘时，颈部悬挂被捕杀的池鸟。

此乃基俊大纳言担任别当③时发生的非常事件。

---

①遍照寺：位于京都市右京区嵯峨广泽池西面的古寺。

②承仕法师：从事寺内杂役的出家人。承仕，职务名。

③别当：检非违使厅的长官。

第一六三段

　　太冲①的"太"字是否加点，对此，阴阳道界曾有争议。盛亲入道②曰："吉平③所著卜文背面，附有天皇手记，现手记存放于近卫关白殿④内，手记中，太冲的'太'字加点。"

---

　　①太冲：阴阳道中对农历九月的别称。

　　②盛亲入道：生平不详。

　　③吉平：阴阳博士，平安时代阴阳师安倍晴明之子。

　　④近卫关白殿：近卫家任关白者，这里指其宅邸。

第一六四段

　　世人见面，从不保持沉默，总会有所谈论。闻其内容，多为无稽之谈。谈论世间传说，议论他人善恶，彼此利少弊多。对此，谈论者从未察觉。

第一六五段

　　近年，关东人进京城谋生，京城人到关东创业，密教僧侣脱离寺院，抛弃清规戒律，与世俗往来，实令人难以容忍。

第一六六段

世人辛勤忙碌，犹如春日用雪制作佛像，为佛像点缀珠宝，为其建造佛堂。佛堂建好后，能否将雪雕佛像安置其中？人之寿命亦如雪雕佛像，看似身体健康，实则日趋衰退，如春雪悄然融化。然而，本人并未察觉，每日依然辛勤忙碌，对未来寄托无限希望。

第一六七段

有一技之长者，目睹其他行业，便不由得感叹：
"若是本行，怎会旁观？"此实属无聊。若心生羡慕，
不妨直言："实令人钦羡，悔恨当初未学。"以己之
长与别人竞争，如同有犄角的动物顶撞其他动物，有
利牙的野兽伤害其他野兽。

不恃才傲物，与世无争，乃人之美德。认为自己
某方面优越于他人，乃大错特错。无论出身如何高贵，
技艺如何高超，祖先名声如何响亮，若以此自鸣得意，
即使不说出口，也已犯下严重错误，须特别提防，努
力忘却自身优势。有此想法，只会让人感到愚蠢，招
致诽谤，亦会酿成灾祸。在某领域出类拔萃者，皆对
自身有清醒认识，不断学习，努力进取，不自满，不
炫耀。

第一六八段

　　某年迈者，长期在某领域独领风骚，以至于人们感慨："若无此人，真不知向谁请教。"如此受人尊崇，可谓不枉此生，于是觉得年迈并非坏事，只是想到为此而耗尽毕生精力，又感极其无聊。若我闻此奉承，想必会说："如今已忘却。"

　　即便是自己擅长的领域，若逢人便讲，则会给人以错觉，认为无真才实学，自己也会误入歧途。无论何事，表现得不甚了解，淡然处之，才会使人觉得是精于此道者。年迈者更应如此，有时，别人只是碍于情面不予反驳。若自己对此全然不知，依然自鸣得意，大谈自己本不了解之事，别人即便强装洗耳恭听，内心也不认可，实难忍受。

第一六九段

　　某人说："后嵯峨①在位期间，并无'某某式'说法，此表达形式始于近年。"然建礼门院右京大夫②，在后鸟羽院③即位后再度侍奉宫中时，如此写道："形式未改，时代已变。"

---

　　①后嵯峨：后嵯峨天皇（1220—1272），在位期间为仁治三年（1242）至宽元四年（1246）。

　　②建礼门院右京大夫：建礼门院（1155—1214）为平清盛的次女德子，高仓天皇的中宫。右京大夫则为侍奉建礼门院的女官。

　　③后鸟羽院：后鸟羽天皇（1180—1239）让位后的称呼。

第一七〇段

　　没有急事，最好不去别人家。即便有事要去，办完事后，亦应尽快离开。久坐不走，会惹人心烦。与别人交谈，话自然会多，于是身心疲惫，妨碍他事，浪费时间，对双方都无益。说话言不由衷，亦令人不快。若无心交谈，最好直言相告。

　　当然，若彼此性情相投，闲来见面时，可挽留对方说："今日空闲，可慢慢聊。"据说阮籍①对中意来客用青眼相待，对不中意来客用白眼相待，其实谁都如此。朋友闲时交谈乃愉快之事，互通书信时，若写上"久疏问候"，以示寒暄，对方会倍感欣慰。

----

　　①阮籍（210—263）：魏晋时期隐士，竹林七贤之一。

第一七一段

　　玩覆贝①游戏者，若不顾自己身边的，只关注别人眼前的，自己身边的贝则会被人覆盖。擅长覆贝者，从不强迫自己覆盖别人面前的贝，而是专注于自己的身边，因此，最后总会覆盖很多。在棋盘的一隅，放置棋子弹出时，若盯着对面弹出，则很难击中，若专注自己的手边，沿棋盘折痕笔直弹出，定会击中。

　　万事皆如此，先做好身边事，不可向外索取。清献公②曾说："做好身边的事，不为遥远的未来担忧。"治国亦如此，不理内政，为所欲为，远方他国就会趁机入侵，此时临阵磨枪，为时已晚，正如医书中所写："中风后卧于潮湿处，向神灵祈求病愈，乃愚人所为。"若要解除民众顾虑，须修明政道，恩泽于民，如此，民众会被感化。中国古代圣天子禹，曾征伐三苗③，然結果不尽如人意，不及撤回军队，对内实施仁政。

---

①覆贝：亦称合贝，一种游戏。众人环坐一起，将三百六十个蛤贝壳分为两半，把其中一半扣在地上摆成一圈，中间为空地，玩时先将一个贝壳抛出空地，其他人在摆成圈的贝壳中找到成对者合之，多者胜出。

②清献公：宋代名臣赵抃（1008—1084），侍奉过仁宗、英宗、神宗三代皇帝，元丰二年（1079）辞官还乡。

③三苗：中国古国名，今湖南、湖北、江西一带。

徒然草

234

第一七二段

　　年轻时血气方刚，感情用事，情欲旺盛，犹如滚动易碎的玉珠，随时有自我毁灭的危险。

　　以为崇尚华美，挥霍钱财，谁知竟心血来潮，皈依佛门；以为意气用事，争强好胜，内心却自惭形秽，羡慕别人。贪恋女色，为情所使。时而贸然行动，贻误终生；时而崇尚英雄，不惜生命；时而耽于嗜好，受人嗤笑。如此变化不定，心无定所，我行我素，皆因年轻气盛，思虑不缜而致。随着年迈，体力精力逐渐衰退，应淡泊名利，适可而止。遇事不宜激动，保持心态平静，不做过分或无益之事，懂得爱惜身体，不自寻烦恼，亦不困扰他人。年迈者在智慧上胜过年轻人，犹如年轻人在容貌上优于年迈者。

第一七三段

　　小野小町①的生平事迹，并不为世人熟知，关于其年老落魄，《玉造》②中有记载。传说该书乃清行③所著，早于此书，见于高野大师④著作目录中，然大师于承和元年初便已离世。小町的年轻美貌，是否此后才广为人知，无从考证。

---

　　①小野小町：平安初期代表性歌人，六歌仙之一。

　　②《玉造》：全称为《玉造小町壮衰书》。

　　③清行：三善清行（847—918），淡路守三善氏吉之第三子，经大内记、文章博士、大学头、式部大辅等，于延喜十七年（917）任参议，翌年任宫内卿兼播磨权守。

---

④高野大师：弘法大师空海（774—835），日本佛教真言宗的创始人，弘仁七年（816）在高野山创建金刚峰寺，弘仁十四年（823）开创东寺，擅长诗文、书法。

第一七四段

　　猎取小鹰之犬，一旦用于捕捉大鹰，便不再适于猎取小鹰，此乃取大舍小。人生在世，会从事各种活动，最耐人寻味的，莫过于修行佛道，此乃人生大事。坚守信仰，致力于修行，就不会因他事而中途放弃。人生在世，重在修行。

　　人无论如何愚蠢，智商亦会优于智犬。

第一七五段

大千世界，不可思议！

举办宴会或庆典，人们总爱劝酒助兴。为何非要饮酒，说来令人费解。被劝酒者歪头蹙眉，一副困惑之相。欲乘人不备，伺机逃离，然而一旦暴露，便被拉回，接受罚酒。于是，谈吐文雅者，瞬间变得举止粗鲁，身强力壮者，转眼如患重病。本是喜庆之日，却以扫兴收场。直到翌日，醉酒者仍头痛不已，卧床不起，痛苦呻吟，恍若进入地狱。前日发生之事，全无印象，以致忘却公私要务，留下无穷后患。使人蒙受痛苦，乃缺乏慈悲、违背道义之举。醉酒者遭受如此痛苦，必然悔恨至极。若说只有国外有此习俗，谁都会觉得不可思议。

目睹醉酒者之狼狈相，会发自内心地厌恶。本是温文尔雅之士，醉酒后竟又笑又骂，废话连篇。歪戴帽子，袒胸露乳，高挽裤脚，那目中无人、肆无忌惮之态，与平时判若两人。女人醉酒，则拨开额发，手托酒瓶，毫无廉耻地仰天大笑，缠住持酒杯者，逼迫其饮酒。下流者夹起饭桌上食菜，自己边吃边塞入别人口中，其举止不堪入目。还有人醉酒后，狂歌乱舞。年迈法师被强行拉出人群，疯狂扭动着丑陋的身体。目睹此情此景，不仅对其本人，对那些以此取乐者，亦深感厌恶。

有人醉酒后，大肆自我夸耀，有人则又哭又骂，其言不堪入耳，其态丑陋无比。过度饮酒，使自己当众出丑，引发诸多不快。最后，取走不该取走之物品，跌倒于廊道，自马上或车上摔落跌伤。未乘坐牛车者，在大路上踉踉跄跄，对着土墙或宅门小便。身披袈裟的老者，手搭在小童肩上，口中语无伦次，其蹒跚而行之态，令人目不忍睹。

如此饮酒，若对现世或来世有益，倒也无可非议，然事实上，非但无益，还会导致更多问题，有人因此失去钱财，身患疾病。都说酒乃百药之长，其实很多疾病源于过度饮酒。都说饮酒会忘记烦恼，其实正因为饮酒过量，才会忆起昔日之痛苦经历而伤心哭泣。饮酒无度，会失去理智，如熊熊烈火，烧光善根，徒增罪孽，破坏清规戒律，如坠入地狱。佛教中如此训导："手持酒杯，强迫人喝，来世生子，将无手足。"

如此十恶不赦之酒，有时亦令人难以割舍。月色温柔之夜，大雪纷飞之时，绽放的樱花树下，与亲友倾心畅谈，举杯痛饮，会激发无限情趣。百无聊赖之时，与友人开怀痛饮，内心可获得暂时慰藉。在贵人下榻处，自竹帘下递酒，格调高雅，令人陶醉。寒冷的冬季，在狭窄的室内，与友人煮酒畅饮，亦别有情调。外出旅游，在临时下榻处或乡野寻找酒肴，卧于草坪，饮酒畅谈，想来亦有无限乐趣。被劝酒时虽面带难色，然盛情难却，一饮而尽，犹有人情味。"再喝一口，杯中的酒，还不见少！"有情调者如此劝酒，感觉亦很美妙。与对方举杯同饮，彼此关系便会融洽。善饮酒者单纯可爱。酩酊大醉，卧床不起时，主人推门入内，于是，醉眼惺忪地爬起，慌乱中插上发髻，抱着衣服，拖着裤子溜出。那卷着裤脚、满是汗毛的细腿，奔跑之态，极为滑稽，可谓擅饮酒者。

第一七六段

小松御门①就位后，仍难以忘怀太子时代亲自下厨做饭的岁月。黑户，便是那时所用的厨房，据说是因焚烧木柴的烟熏黑房间墙壁而得此名。

---

①小松御门（830—887）：光孝天皇，仁明天皇之第三皇子，元庆八年（884）即位。

第一七七段

　　镰仓中书王[①]府上举行球赛时，突降倾盆大雨，球
场变得泥泞不堪。正当众人不知所措之际，佐佐木隐
岐入道[②]驱车出现，车上满载锯木屑，将其铺在场地，
于是地面不再泥泞。人们纷纷赞赏入道细心周到。吉
田中纳言[③]闻此事后问道："为何不备干沙？"原以为
用锯木屑铺球场已很好，闻中纳言提醒，我恍然大悟，
继而羞愧不已。锯木屑不适铺球场。庭院管理者，常
备干沙，此乃自古以来常识。

---

　　①镰仓中书王：宗尊亲王（1242—1274），后嵯
峨天皇之第一皇子。

---

②佐佐木隐岐入道：隐岐太守义清之长子，俗名政义（1208—1290），出家后法名为真愿。

③吉田中纳言：万里小路中纳言藤原藤房，生卒年不详。

第一七八段

　　护卫某家的武士，观看了内侍所御神乐①，对别人说："有人携带天皇御所的宝剑。"某宫中女官隔帘闻之，悄声说："皇上到别殿行幸时，宝剑尚在昼御座②。"其言优雅得体。后来得知，她是宫中资深女官。

---

①御神乐：每年十二月在内侍所举办的舞乐。
②昼御座：清凉殿内天皇之常座。

第一七九段

　　入宋的沙门①道眼上人②，归国时带回一切经③，将其存放于六波罗蜜寺附近的烧野，本人在那里专门讲授《首楞严经》④，并将寺院命名为那兰陀寺⑤。上人说："世上传说印度那兰陀寺正门朝北，认为此乃江帅⑥之言，然在《西域传》⑦、《法显传》⑧中并未发现，亦无文献记载。江帅以何为依据，至今不明。的确，唐土西明寺⑨正门朝北。"

---

　　①入宋的沙门：入宋，指从日本平安时代至镰仓时代，许多留学僧及使节到中国（宋朝）。宋朝灭亡后，来自日本的僧侣仍源源不断，这同样被称为入宋。沙门，指出家皈依佛门、修行佛道的人。

②道眼上人：延庆二年（1309）入元的僧侣。

③一切经：大藏经。

④《首楞严经》：全称为《大佛顶如来密因修证了义诸菩萨万行首楞严经》，共十卷，又称《大佛顶经》。

⑤那兰陀寺：原本为中印度古摩揭陀国王舍城北面的寺院，其于五世纪初由笈多王朝的帝日王创建，后经扩建，成为印度佛教的中心，其规模宏大，集中了很多僧徒。

⑥江帅：太宰权帅大江匡房（1041—1111），自幼才学过人，被誉为神童，著名汉学家、歌人。

⑦《西域传》：亦称《大唐西域记》《大唐西域传》《西域记》，共十二卷，记述了唐玄奘在印度及西域地区游历的事迹。内容除佛教外，还涉及地势、风俗、制度、产业等。

⑧《法显传》：法显三藏在印度的旅行记。

⑨唐土的西明寺：显庆元年（656）唐高宗下令模仿印度的祇园精舍创建的大寺，位于中国长安（今西安）。

第一八〇段

　　将毬杖①从真言院②搬出，运至神泉苑③焚烧，此仪式名曰左义长④。毬杖用于正月打毬，当时歌中所咏"法成就⑤之池"，便指神泉苑之池。

---

　　①毬杖：儿童正月用来打毬的槌形杖，上面装饰有彩色丝线。

　　②真言院：在大内里的中和院之西，宫中法事多在这里举行。

　　③神泉苑：桓武天皇迁都前所修的庭院，在二条大宫，因池而得名。

　　④左义长：日语名为「さぎちやう」，"左义长"为其所配汉字，此外还有"三毬杖""三毬打"等名称。

　　⑤法成就：大概是指求雨修法成功奏效。

第一八一段

　　某博学之士提及童谣中"下吧，粉雪，丹波的粉雪"一句，认为此句中的"粉雪"比喻降雪如同米粉过筛，故"丹波的粉雪"，应读"多下吧，粉雪"。然而，被后人误传至此。童谣后半句应为"落在篱笆树杈上"。事实是否如此，不得而知。赞岐典侍①日记中，的确记载着年少时的鸟羽院②如此描述降雪。

---

　　①赞岐典侍：歌人，藤原显纲之女，名藤原长子，生卒年不详。曾侍奉堀河天皇，康和二年（1100）成为典侍。

　　②鸟羽院：鸟羽天皇（1103—1156）让位后的称呼。堀河天皇之第一皇子。

第一八二段

　　四条大纳言隆亲卿①，欲将大马哈鱼干作为御膳呈送天皇，有人说："竟给天皇呈送如此低级之物。"四条大纳言答："若说大马哈鱼不能做御膳，倒情有可原，但说鱼干不可，并无道理。岂不知，香鱼干亦为御膳？"

---

　　①四条大纳言隆亲卿：藤原隆亲（1203—1279），建长二年（1250）任大纳言，康元二年（1257）辞任。建治二年（1276），因其子的辞任而复任大纳言。称四条，是因其住所在四条大宫。

第一八三段

　　伤人动物须做标记。撞人的牛要割其角，咬人的马要断其耳。不做标记，任其伤人，乃饲养者过失，故伤人的狗不可饲养。饲养伤人的动物将受问责，对此，法律有明文规定。

第一八四段

　　相模守时赖①之母松下禅尼②，某日，为迎时赖回家，亲自布置宅邸。禅尼将熏黑的拉窗破损处削掉，用纸糊好。其兄长城介义景负责此次接待，见此情景，便说："此事交给下人做即可，他们对此擅长。"禅尼则说："未必比我做得好。"边说边仔细糊。义景问："何不将拉窗纸全部换新？新旧混合，缺少美观。"禅尼答："我亦有意换新，但今日不可，如此做，是要让年轻人明白，无论何物，稍作修补，仍可使用。"

　　禅尼所言，令人钦佩。治理天下，节俭为本。禅尼虽为女流，却通晓圣人教诲。能培养出国之栋梁者，其本人亦非等闲之辈。

①相模守时赖：北条时赖（1227—1263），镰仓幕府第五代将军，建长元年（1249）任相模守。

②松下禅尼：秋田城介安达景盛之女，北条时氏之妻。禅尼，对出家女子的称呼。

第一八五段

城陆奥守泰盛[1]乃擅骑者。某日，派人从厩内牵出马匹时，见马并前蹄，轻松越过门槛，便说此马性情暴烈，吩咐左右移鞍换马。而看到所换马匹出厩内时前蹄触碰门槛，便说此马反应迟钝，会惹出事故，于是放弃乘坐。

非精通此道者，不会如此谨慎。

---

[1]城陆奥守泰盛：安达义景之第三子安达泰盛（1231—1285）。建长六年（1254）继承父业成为秋田城介，弘安五年（1282）兼任陆奥守，由此而称城陆奥守。

第一八六段

吉田乃著名骑手，他认为："凡是马皆难对付，人力无法与之抗衡。乘坐时须细察，熟悉其秉性。其次，确认辔头马鞍，若存在安全隐患，便不可乘坐。小心谨慎，乃擅骑者秘诀。"

第一八七段

　　无论何种行业，即使在该行业能力极为普通，亦优于所谓擅长此行的外行人。因本人在此行业付出了相当的努力，平日谨慎行事，绝非那些恃才妄为、做事轻率的外行可比。此道理不仅限于技艺，日常行为与用心亦如此。虽不聪明，但行事谨慎，乃成功之本；心灵手巧、聪明伶俐，然轻率浮躁，乃失败之因。

第一八八段

　　某人将其子培养成为法师后，鼓励他积累学识，通晓因果报应之理，学会讲经说法，以此处世立身。其子遵父教诲，决心成为出色的讲经法师。然而，想到身为法师，不能坐轿乘车，若受邀请，对方牵马前来迎接，因乘坐不稳而落马，则有失体面，于是先学了骑马。而后，又想到法会结束后，可能会受邀参加酒宴。身为法师，若无任何才艺展示，筹办者势必扫兴，便又学了早歌①。掌握了两种技艺后，为精益求精，便反复练习，仔细推敲，结果，无暇学习最关键的讲经说法，便已垂垂暮年。

　　世人皆有类似经历。年轻时，渴望出人头地，成就一番大事，为此立志发奋，掌握本领，精心规划未来，然而，平日只顾应付眼前琐事，曾经精心筹划之事，未及付诸实施便已年迈，结果，既未成为某领域的能工巧匠，亦未像所期待那样出人头地，虽懊悔不已，却已无法挽回，犹如向坡下飞速滚动的车轮，迅速衰老下去。

因此，渴望将来有所作为者，都应做好规划，权衡利弊，深思熟虑，一旦确定优先要做之事，其他事须暂时搁置或放弃，全力做好最优先要做之事。一日之内，甚至在片刻间，都会有事发生，因此，应选择最要紧事并迅速付诸行动。若该放弃的也不肯放弃，则到头来只会一事无成。如同对弈，对弈者每一步都不想失败，总希望能抢先一步，舍弃利小棋子，获得利多棋子。如此情况下，舍弃三个棋子，获得十个棋子容易，而要舍弃十个棋子，取得十一个棋子却很难。对弈者皆懂得要尽可能获得利多棋子，但又不想用大代价换取小利益。如此，若这也不放弃，那也想得到，最后该得到的也得不到，不该失去的也会失去。

家住京城的某人，因急事赶赴东山，然到了东山，察觉到去西山更有利可图，就应迅速折回。认为好不容易来到东山，姑且先将这里的事做完，况西山之事并无期限，可待来日再做。如此一时的懈怠，将会贻误时机，对此务必谨慎。要想成就某事，即使他事失败，亦在所不惜，被别人嘲笑亦不以为耻。不在其他事上做出牺牲，就不会成就大事。

在众人出席的宴会上，有人透露道："和歌中确有'真赭之芒'及'真朱之芒'的说法，对此，家住摄津渡边的上人曾听前辈说过。"登莲法师闻之，不顾外面下着大雨，马上问道："谁有蓑衣或斗笠，请借我一用，我欲往渡边，向上人请教芒草之秘。"有人劝道："何必如此着急，雨停后再去不迟。"登莲法师反驳道："岂有此理，时间就是生命，岂能待到雨停？此时此刻，我可能会死去，上人亦可能会死，若如此，如何请教？"说毕，便匆匆离去，终于解开芒草之秘。法师的言行，令人钦佩。《论语》中说："敏则有功。"法师请教芒草之秘，启示人们如何修行佛道，获得开悟机缘。

第一八八段

①早歌：自镰仓时代至室町时代流行的一种谣曲，也可在酒宴上表演，故近世之后其又被称为宴曲。

第一八九段

　　有时正要做某事，却节外生枝，发生其他急事，于是疲于应付，为此耗尽一日时光，要做的事因此化为泡影。有时约好要来的人未来，未约要来的人却突然造访；有时期待之事落空，意外之事却进展顺利；有时以为棘手的事却完成得圆满，以为简单的事做起来却相当费力。如此这般，每日与预想的都不尽相同，一年如此，一生亦如此。

　　然而，并非所有计划都会化为泡影，有时，事情也会如期进展。于是倍感世事无常，而只有无常乃永恒不变之理，最令人信服。

第一九〇段

男人不应娶妻。当得知某人"始终独身",顿感脱俗高雅,而闻"已为人婿"或"已娶某女为妻"时,便有幻灭之感。本是极普通的女子,却认为她出类拔萃,并与之结为伉俪,于是觉得此男人亦不足道。好女人体贴男人,视男人为保护神,但也不过如此。整日操持家务、流于俗事之女,实难恭维。女人生子后,便全身心投入,说来庸俗至极。若男人先逝,女人削发为尼,其衰老之态,直到离世,都令人感到可悲。

无论女人如何出类拔萃,若与其朝夕相处,形影不离,久而久之,便生厌倦。对女人而言,如此婚姻,可谓悲哀。与此相反,平日虽聚少离多,天各一方,但男方时而探访,彼此感情融洽。时而相聚,共度良宵,则有别样的情趣。

第一九一段

　　有人说："到了夜晚，物之外观会黯然失色。"闻此言，令人失望。物之光泽、色调，夜晚才尽显幽雅别致。白昼，即使穿着简朴，亦无可厚非。

　　夜晚，身着华丽服装会光彩照人。灯光下，容貌暗淡朦胧，然美在其中。声音亦如此，夜里闻其声，方感其用心。花草之芳香、乐器之音色，夜里方有别样情趣。宁静的夜晚，衣着整洁的来访者，会让人耳目一新。热恋中的情侣，渴望昼夜相伴。公私之事，夜晚可暂且忘却。有情人相会，彼此会精心打扮。细心的男人，会仔细梳理发型；细心的女人，会时而悄然离座，取出手镜，确认妆容。此情此景，颇有情趣。

第一九二段

访神社古寺，最好选择无人参拜之日或宁静的夜晚。

第一九三段

　　不明事理者总爱揣测别人，自以为了解他人，此乃大错特错。无聊人下棋，总拘泥于棋艺的高超与拙劣，若见对方棋艺拙劣，便认为不及自己，工匠见别人不熟悉自己的行业，便认为自己优于别人而沾沾自喜，此亦不妥。文字法师①与暗证禅师②皆认为对方不及自己，故二人的想法皆有误。对自己不熟悉的行业，最好不说三道四、妄加评判。

---

①文字法师：只研究佛教教理而不求悟道的僧人。

②暗证禅师：专修坐禅而不谙教理的僧人。

第一九四段

通达人生、明事理者，观察事物极为敏锐。

与此相反，当有人编造谣言，蛊惑、欺骗世人时：总有信以为真者，被其花言巧语蒙骗；更有甚者，对其深信不疑，为谎言添枝加叶；而有人则不以为意，不加理会；有人对此心存疑惑，能否相信，难以做出判断；有人虽认为不可置信，但听了别人评论，便放弃了自我判断；有人做各种猜测，以显明事理之态，表面上点头微笑，实则一无所知；有人猜到是谎言，但又怀疑自己的判断；有人付之一笑，不屑一顾；有人明知是谎言，却装作不知，认为只要自己不被蒙骗，就没必要说三道四；有人自开始便知说谎者的动机，却与其同流合污，为谎言推波助澜。在明事理者看来，

愚蠢人之言谈、表情皆滑稽可笑。明事理者，态度与
之截然相反，只是不能因此将佛教的"方便"与世间
谎言混为一谈。

第一九五段

　　某人路过京都城南的久我绳手时，见一上着窄袖便服、下穿宽口和服者，将木雕地藏菩萨像浸在水田中，细心擦洗。正当他感到好奇时，几位身着狩衣之人至此，将洗木雕者带走，事后得知，那人是久我内大臣①。

　　久我内大臣精神正常时，做事沉稳、心思缜密、举止文雅。

---

　　①久我内大臣：源通基（1240—1308），正应元年（1288）任内大臣。

第一九六段

　　东大寺①的神轿②自东寺若宫返回时，源氏③的公卿前往供奉。通基任近卫大将，他指示随从为神轿担当警戒工作，同出一门的土御门相国④质疑："在神社布置警戒人员，恐有不妥。"对此，通基只答道："随从的行动，仅近卫大将详知。"日后，通基说："相国只读了《北山抄》⑤，并不了解《西宫》⑥。神社祭神中有恶鬼、恶神，因担心其作乱，故应在神社布置警戒。"

---

　　①东大寺：位于奈良市，是以奈良大佛为本尊的华严宗的总寺院。

　　②神轿：这里指东大寺的镇守神社手向山八幡宫

的神轿。

③源氏：这里指源通基。

④土御门相国：源定实（1241—1306），正安三年（1301）任太政大臣。

⑤《北山抄》：四条大纳言藤原公任所著，共十卷，内容涉及朝廷的公事、仪式。北山，藤原公任隐居之地。

⑥《西宫》：全称为《西宫记》，醍醐天皇之皇子、左大臣源高明（913—983）所著。

第一九七段

　　"定额^①"一词，不仅指几个主要寺院的僧人，《延喜式》^②中，亦有"定额女孺^③"之说，是限定名额的公家官人通用称号。

---

　　①定额：一定的数量，这里指一定的员数。

　　②《延喜式》：用汉文体记载朝廷例行活动、百官的做法、诸官的事务规定、各诸侯国的日常事务等的书，共五十卷。延喜五年（905），根据敕令，由藤原时平、藤原忠平等编纂，于延长五年（927）完成。

　　③女孺：侍奉于宫中，隶属内侍司的下级女官，从事殿舍的清扫、整理等杂务。

第一九八段

　　关于"扬名"，不限于《源氏物语》夕颜卷中的"扬名介①"，也有"扬名目②"。对此，《政事要略》③中有记载。

---

　　①扬名介：扬名，意为没有实权及俸禄。介，一般指地方次官。

　　②扬名目：地方官中等级、地位最低的官员。

　　③《政事要略》：一条天皇时代，明法博士惟宗允亮撰写的有关平安时代法制的书，共一百三十卷，现仅存二十六卷。

第一九九段

横川行宣法印^①说："从音律而言，中国有吕调，但无律调，而日本只有律调，无吕调。"

---

①横川行宣法印：横川，比叡山三塔之一。行宣法印，生平不详。

第二〇〇段

吴竹叶细小，河竹叶宽大。生长在流经清凉殿东庭溪边的为河竹，生长在仁寿殿附近的则为吴竹。

第二〇一段

　　在释迦牟尼讲法的灵鹫山，据说有"退凡①"及"下乘②"两座石塔，靠近山麓的是"下乘"，位于山中的是"退凡"。

---

①退凡：拒绝凡人、凡夫。

②下乘：禁止乘坐车马入内。

第二○二段

　　农历十月被称为"神无月"，意为该月内忌讳祭神，然并无文献记载，亦未发现其出典，只是农历十月各神社均无祭祀活动，大概因此而得名。据说该月内，各路神仙将云集伊势神宫，但此说并无根据。如若真实，伊势神宫会将十月作为特别祭祀月，然并无先例。十月，天皇巡访神社活动较多，只是多有不吉。

第二〇三段

　　受天皇书面问责者，家门上将被悬靫^①，如今，该习俗已无人知晓。过去，天皇生病或传染病流行而引发世间骚动时，京都五条天神^②亦悬靫。鞍马山上的负靫明神，便是天皇指示的挂靫神。检非违使厅官吏将靫挂在受天皇问责者的家门，人们见之，便不会拜访。该习俗被废除后，取而代之的是门上贴封条。

---

　　①靫：装箭的筒，一般为木制或铜制，用时人们多将其背在身上。

　　②五条天神：京都市下京区松原通西洞院以西的神社供奉的大巳贵命和少彦名命两位祭神。

第二〇四段

昔日用鞭子拷打犯人时，据说要将犯人捆绑于刑具上。然而，刑具呈何形状，如何将犯人捆绑？其做法等未被传承，故如今已无人知晓。

第二〇五段

　　比叡山上藏有大师劝请①用的起请文②，据说最初乃慈惠僧正③所书，法曹④从不介入其中。过去圣帝统治时，并非依照誓文施政，近来该做法却广为流行。当今法令中，未提及水火本身不净，而认为放入水火的容器有污。

---

　　①大师劝请：大师，指比叡山延历寺的创建者传教大师最澄。劝请，指迎接宗祖传教大师之灵威。

　　②起请文：迎接宗祖传教大师之灵威时所写的誓文。

　　③慈惠僧正（912—985）：天台之第十八代座主，法号良源。

　　④法曹：研究法律或执行法律的官员。

第二○六段

　　德大寺故大臣①任检非违使别当期间，某日，在朝廷中门商讨官厅事务时，下官章兼乘坐的牛车出现意外。牛挣脱缰绳，窜入中门使厅，登上大理座席，俯卧反刍，引得厅内一片哗然。人们众说纷纭，认为此乃怪事，征兆不吉，欲请阴阳师占卜。

　　大理之父、相国②得知后却说："牛不同于人，缺乏判断力，抬起腿，任何地方都会去。"他吩咐手下将牛牵出，还给主人，将坐垫换新，事后并未引发不吉。

　　古人云：见怪不怪，怪亦不怪。

①德大寺故大臣：藤原公孝。在第二三段中以"德大寺太政大臣"出现。也有注释书认为可能有人妄改为"右大臣"。

②相国：藤原实基（？—1165），建长五年（1253）任太政大臣。

第二〇七段

　　朝廷下令修建龟山殿。在平整土地时，发现有一墓中盘踞着多条蛇，于是，向嵯峨上皇呈报，听候处置。上皇得知后，左右为难。周围人说，盘踞此地之蛇，人称土地神，挖掘将遭报应。然德大寺大臣有不同见解，其认为在皇统的国土上建造皇宫，不会遭受报应。于是朝廷下令毁掉墓冢，将蛇全部放入大井河中冲走，结果并未招致任何灾祸。

第二〇八段

　　经典书卷的系法，通常是将绳从上下两边斜叉，再从交叉处抽出环状绳头。华严院弘舜僧正[①]见此系法，却要求解开重系，他认为："此乃当今流行系法，缺少美观。正确系法应将绳缠绕，再将环状绳头由上到下插入。"僧正见多识广，通晓古时做法。

---

　　①华严院弘舜僧正：华严院，仁和寺的院家之一。弘舜僧正，弘融僧都（参见第八二段注）的师父，为东寺长者，曾主持后七日法事，任阿阇梨。《和论语》中记载道："弘舜，宇多源氏也，道德兼才人也，号华严院僧正。"

第二〇九段

　　某人争农田所有权，因败诉而恼羞成怒，于是派
人将有争议的农田里的庄稼全部收割。然而被派去收
割庄稼的人，连途中的农田里的庄稼亦收割殆尽。有
人发现后质问道："此田并非有争议，尔等为何收割？"
收割庄稼的人答道："即便是有争议的农田，亦无强
行收割之理。既然被指派来行不义之举，就无须在意
是否存在争议！"

　　虽为歪理，却耐人寻味。

第二一〇段

　　据说唤子鸟是春天的鸟，然而到底是怎样的鸟，未有文献明确记载。与真言宗有关的某书中写道：此鸟名为鵺[1]，其鸣叫乃行招魂之法。《万叶集》[2]中有长歌："云霞升腾，春日悠长，唤子之鵺……"以此推测，或许鵺就是唤子鸟。

---

　　[1]鵺：鸟类，栖深山，大如鸠，黄赤色，有黑斑，昼伏夜出，故以鵺为名。

　　[2]《万叶集》：日本现存最早的和歌总集，在日本，其地位相当于中国的《诗经》。所收诗歌是自四世纪至八世纪中叶的长短和歌。关于成书年代及编者，历来众说纷纭，但多认为是奈良时代的作品。一般认为该作品经多年、多人编选传承，约在八世纪后半叶由大伴家持（717—785）完成。

第二一一段

世事皆不可靠。缺乏熟虑者，总是期待过多，稍不如意便憎恨责怪。

权势不可靠，有权有势者总是最先灭亡；财产亦不可靠，有时会转瞬消失；才学不可靠，博学多才的孔子也未交好运；品德不可靠，人品高洁的颜回也未免不幸；君主的宠爱不可靠，一朝蒙罪，便遭杀身之祸；奴仆的顺从亦不可靠，有时会叛逆逃离；他人的好意不可靠，人心总是在不断变化；约定之事不可靠，世上讲信义者并不多。

对自己和他人，不过分期待，顺利时就不会沾沾自喜，失败时亦不怨天尤人。左右空间宽松，就不会磕磕碰碰；前后间隔充裕，就会游刃有余。空间狭小，就会摩擦碰撞。心胸狭隘，就会与人冲突争斗；宽容大度，身心就不会受到伤害。

人乃天地之灵，天地广阔无垠，人性亦如此。胸襟开阔，为人大度，喜怒之情便不会成为羁绊，内心也就不会因他人而受到困扰。

第二一二段

秋月最美。不知区别秋月与其他季节之月，认为月与季节无关，乃不谙情趣。

第二一三段

　　置于天皇、上皇面前的火盆，添火时不宜用火筷，要直接从素烧器皿中移加。加炭时，须注意不使火炭滚落。天皇驾幸于石清水八幡宫时，随从人员身着净衣①，用手加炭时，某谙习宫廷典章者说："身着白色衣服时，可用火筷加炭。"

---

　　①净衣：参拜神社时穿的礼服，白色。

第二一四段

　　《想夫恋》乃宫中乐曲，并非因妻子思念丈夫而得此名，原曲名为《相府莲》。传说中国晋代王俭[1]在担任朝廷大臣期间，在家院种植荷花。此曲为赏荷而作，故大臣宅邸被称为"莲府"。因"相府莲"与"想夫恋"之日语发音相同，后来以假传真。

　　唐乐《洄忽》，其正确写法为回鹘。据说昔日有强国名曰回鹘国，乃野蛮之国，归顺中国后，演奏故国音乐，其曲为《回鹘》。

---

　　[1]王俭（452—489）：东晋灭亡后，侍奉南朝齐高帝、齐武帝。

第二一五段

平宣时朝臣[①]年迈后谈起往事，讲了一段亲身经历：

"某夜，最明寺入道[②]派人邀请，我告知即到，但未找到合适礼服。不久，入道又派人来催：'现已入夜，若无礼服，便装亦可，请尽快来。'于是，我着便服前往。入道取出酒壶酒杯，曰：'独自饮酒无聊，故请汝来同饮，只是无下酒菜。现仆人已就寝，烦汝去找些来。'按入道吩咐，我手提灯笼，在寺内寻找，见厨房食架上放有陶瓷容器，中有少量酱汤，便取来交给入道。入道曰：'这便足矣。'二人举杯痛饮，开心至极。"

讲毕，平宣时朝臣感慨道："那个时代，就是如此。"

①平宣时朝臣：北条宣时（1238—1323），正安三年（1301）出家，法名忍昭。朝臣，在官位居三位以上的人名之后附加的敬称。

②最明寺入道：北条时赖出家后的称呼，参见第一八四段注。

第二一六段

　　最明寺入道时赖利用参拜鹤冈八幡宫的机会，派使者到足利左马入道①家，向他转告将顺路拜访之事。时赖入道到达后，受到盛情款待，具体程序为：第一杯酒，配膳为干鲍鱼；第二杯酒，配膳为龙虾；第三杯酒，配膳则为小豆馅年糕。这便是所有酒膳。

　　酒宴上，除东道主夫妻外，鹤冈别当隆辨僧正②亦就座于主人一方。时赖入道曰："每年，您赠送足利染织品，此次亦非常期待。"足利左马入道立刻回答："已准备就绪。"于是取来染织布匹三十件，颜色多种多样。又当着时赖入道的面，吩咐侍女将其裁剪为窄袖便服，并择日送至最明寺。

　　此事乃当时在场者所说，据说那人刚离世不久。

①足利左马入道：足利义氏（1189—1254）出家后的称呼。经武藏守、陆奥守，官至左马头，仁治二年（1241）出家，号正义。其母为北条时政之女北条时子。

②隆辨僧正（1208—1283）：大纳言四条隆房之子。宝治元年（1247）移居鹤冈别当坊，任鹤冈别当僧正、若宫别当僧正、若宫别当法印等。

第二一七段

　　某大富豪说："人生在世，应放弃他事，一心积累财富。贫困，则无生存意义。富贵，乃人生价值所在。致富，须有精神准备。首先，要认定世界永恒不变，而非世事无常。其次，不可试图以金钱满足欲望。人生在世，欲望无限，若随心所欲，即使腰缠万贯，亦会消耗殆尽。欲望无止境，而钱财有限，以有限的钱财追逐无限的欲望，欲望将永远得不到满足。心中欲念萌生时，即可认定是自我毁灭，须严加防范，即使欲念微不足道，亦不可尝试。视钱财为奴仆，随意驱使，将永远无法摆脱贫穷。对待钱财，应如敬畏君主、神灵，不可挥霍浪费。为了钱财，即使蒙受耻辱，亦不可愤怒、憎恨。除此，要诚实守信。恪守以上信条，财富便如火烧干柴，势不可当；像顺流之水，源源不断。钱财越积越多时，不沉溺于酒色，不贪图豪华住宅，不满足任何欲望，内心亦会得到安慰，获得无比的快乐。"

人皆为满足欲望而追求财富，有欲望不满足，有钱亦不使用，与穷人无异。如此人生，到底乐在何处？大富豪所言，只是劝人消除欲念，不因贫困而悲哀。与其如此，倒不如从最初就没有钱财。如同身患痈疽类恶性浮肿病，患上此病，与其用水洗其患部，以求一时的舒爽快乐，还不如开始就不患此病。若达到大富豪所说的境地，贫富将无区别。正如教理所言：究竟即①等于理即，大欲似无欲。

---

①究竟即：据天台宗教理，修道证悟分为六段——理即、名字即、观行即、相似即、分真即、究竟即。其中，理即最下，究竟即最上。理即为凡夫内心都有的佛性，但未摆脱迷茫的境界。究竟即则为摆脱迷茫，得以开悟，达到至高境界。两者虽有高低之分，但从可以成佛的观点来看是相同的，均体现了凡圣不二、迷悟不异之理。

第二一八段

　　狐乃伤人动物。在堀川殿[①]内，舍人[②]酣睡时，腿部被狐咬伤。在仁和寺，夜晚，担当杂役的和尚经过本堂时，三只狐同时袭来，和尚拔刀刺去，一只被刺死，两只被刺伤逃走。和尚的身体几处被咬伤，幸亏伤势不重。

---

　　①堀川殿：太政大臣源基具的官邸，参见第九九段注。

　　②舍人：侍奉贵族的杂役。

第二一九段

四条黄门^①说，龙秋^②乃难得音乐人才。几日前，来访说：

"本人才疏学浅，请允许我冒昧谈个人浅见。我认为横笛^③的五孔有不妥之处，理由是：手指压干孔吹为平调^④，压第五孔吹则为下无调，胜绝调置于其间。同样，上孔为双调，中间为凫钟调，下部的夕孔乃黄钟调。夕孔之间是鸾镜调，中孔为盘涉调。在中孔和第六孔之间，有神仙调。如此，孔与孔之间皆隐存一音，仅第五孔与下一孔之间无音，且孔间隔与其他相同，故第五孔音有变调。吹到该孔时，须将口离开，离开的位置若非恰到好处，发音与其他乐器便无法协调，因此能吹横笛者实属罕见。"

四条黄门认为，龙秋所言经深思熟虑，可谓意味深长，还说在龙秋面前，切身感受到后生可畏。然笛子名家景茂⑤却说："笙乃易吹乐器，若事先调好音调，便可安心吹奏，不必顾及其他。笛子则要运气调节音调，各吹孔皆有秘诀，全凭吹奏者资质，反复摸索领悟，不只限于五孔，吹奏时也并非离口。吹得不好，无论哪一孔的发音都会变调。擅吹奏者，各孔会调节得恰到好处。乐器弹奏旋律不符，乃吹奏者之错，非乐器之过。"

---

①四条黄门：权中纳言藤原隆资（1293—1352），家号四条，曾任检非违使别当。黄门，中纳言之唐名。

②龙秋：丰原龙秋（1291—1363），著名箫笙大家。

③横笛：用于雅乐、催马乐、朗诵等声乐伴奏的笛子。长约一尺三寸，除吹奏孔外，还有七孔。

④平调：日本十二律之一。十二律为一越调、断金调、平调、胜绝调、下无调、双调、凫钟调、黄钟调、鸾镜调、盘涉调、神仙调、上无调。

⑤景茂：大神景茂（1292—1376），笛子专家、名手。

第二二〇段

　　某人说："乡野之物，多是低级庸俗，但亦有例外，如天王寺①舞乐②。"天王寺乐人闻此言，如此说明："本寺音乐用图竹配音调，与其他乐器比较，音调完整。图竹乃圣德太子时代传至当今之物，六时堂的钟便如此。六时堂的钟音属纯正的黄钟调，随季节的寒暖变化，钟音高低起伏。其标准音色源于二月举行的涅槃会至圣灵会的钟音，属该寺秘传，以此为基准，任何乐器音色皆可调整。"一般而言，钟音为黄钟调，是感知人世无常之调，乃祇园精舍无常院的钟声。为把西园寺钟铸改造为黄钟调，曾几次重铸，但未成功，无奈从别处寻来。净金刚院的钟声亦为黄钟调。

徒然草

①天王寺：四天王寺，金光明四天王大护国寺，位于大阪市天王寺区元町，由圣德太子创建，日本第一座寺院,现隶属天台宗。

②舞乐：有伴舞的古典音乐舞蹈，传自中国，自奈良时代开始流行，被作为雅乐的一部传承至今。

第二二一段

　　检非违使厅年长道志①们讲述昔日经历时说："建治、弘安②年间，参加贺茂祭的放免③，其服饰皆以马为造型，且使用特殊深蓝布匹制作，马尾和马鬃使用灯芯绳，将其嵌入有蜘蛛网图案的绸缎服装。放免们身着此装束巡行，以渲染古歌遗风。每逢祭日，人们便会看到巡行队列中有如此装束的放免，这为祭日增添了诸多情趣。"然而，近年来，放免的服饰被制作得雍容华贵，祭日巡行时，放免们佩戴各种笨重装饰，由专人提着袖口，本人连普通的铧④也无法携带。放免们喘着粗气，其行走笨拙之态，不堪入目。

①道志：大学寮中明法道（习法律）者，担任卫门府之志（四等官），兼任检非违使之志。

②建治、弘安：建治年间（1275—1278）与弘安年间（1278—1288），前者为后宇多天皇的年号，后者为后宇多天皇、伏见天皇的年号。

③放免：释放罪人。这里指犯人被释放后，留在检非违使厅从事杂役、追捕犯人等事务。

④铧：放免巡行时所用的武器。

第二二二段

竹谷乘愿房①拜访东二条院②时，女院问道："为死者祈祷冥福，如何才能功德圆满？"竹谷乘愿房答："诵读光明真言③与宝箧印陀罗尼④。"事后，弟子提及此事，问道："师父为何不说念佛最好？"竹谷乘愿房答曰："念经乃宗旨，理应如此回答，但经文中有明示，即未曾听说口诵阿弥陀名号，以此为死者祈祷冥福。若女院再询问具体经典，将如何作答？为出示可靠根据，方提及光明真言和宝箧印陀罗尼。"

①竹谷乘愿房（1168—1251）：竹谷，今京都市山科区醍醐天皇陵东南二町一带。乘愿房，名宗源，京都人，权中纳言藤原长方之子，原在仁和寺习密教，后转天台宗，为法然上人的弟子，隐于竹谷。

②东二条院：西园寺公子（1232—1304），太政大臣西园寺实氏之女，后深草天皇的皇后。

③光明真言：亦称"不空大灌顶光真言""大灌顶真言"，略称"光言"，为大日如来之真言，一切诸佛菩萨之总咒。

④宝箧印陀罗尼：《一切如来心秘密全身舍利宝箧印陀罗尼经》中所讲的神咒，真言陀罗尼的一种。

第二二三段

有人说鹤大臣①称谓源自他养鹤，其实并非如此，而是缘于其幼名"鹤君"。

---

①鹤大臣：九条基家（1203—1280），后京极摄政良经之子。经权中纳言、权大纳言、大纳言，官至内大臣。

第二二四段

　　阴阳师①有宗入道②自镰仓来京都，进入我家院内便劝告说："庭院如此宽敞，却闲置不用，实在可惜。明事理者会只留一小径，其余空闲之地栽培植物，开垦为田。"

　　入道所言极是。土地珍贵，即使一席之地，亦不可闲置，应种植蔬果或药材。

---

　　①阴阳师：按天文、历数、方位等占卜吉凶的术士，日本古时属于中务省之阴阳寮。

　　②有宗入道：因使用"有"字，故可推测是世袭阴阳道的安倍氏血统。

第二二五段

　　据多久资说，通宪入道①收集了许多精彩舞蹈，传授给阿波国矶禅师之女。该女子舞蹈时，身穿白色礼服，腰间配搭刀鞘，头戴乌帽，故称男舞。矶禅师之女静子，继承其母之舞艺，这便是"白拍子②"起源，"白拍子"旨在歌颂佛神缘起。后来，歌人源光行③创作了诸多辞章，亦有后鸟羽院之作，将其传授给了龟菊④。

　　①通宪入道：藤原通宪（约1106—1159），博学多才，历仕鸟羽、崇德、近卫、后白河四代，天养元年（1144）任少纳言，不久出家。

　　②白拍子：平安末期至镰仓时代流行的舞曲，亦如此称呼行舞的舞伎。

③源光行（1163—1244）：镰仓初期学者，以校订《源氏物语》之河内本而闻名。另外，作为歌人，其歌被采录于《千载集》等很多敕撰集中，著有《蒙求和歌》《百咏和歌》。

④龟菊：京都白拍子，受宠于后鸟羽上皇。

第二二六段

后鸟羽院在位时，信浓前司行长①以热衷于学问、学识渊博闻名，曾被召至朝廷，参与探讨"新乐府②"。当时，因忘记"七德之舞"中的两德，被称为"五德冠者"。本人感觉无颜面对世人，从此不再热衷于学问，出家为僧。比叡山的慈镇和尚爱惜人才，凡有一技之长，即便身份低微，亦收入门下。信浓行长入道亦受其关照。

信浓行长入道著有《平家物语》③，后将此书传给名为生佛的盲人法师，并以说书方式讲述给别人。书中有关比叡山延历寺的内容，写得尤为引人入胜。他熟悉九郎判官源义经之事，书中对此叙述详尽，然而，或许对蒲冠者了解不足，许多相关故事未提及。

生佛出身关东，书中有关武士、骑射、技艺等，据说是其向武士请教后，由信浓行长入道写的。如今的琵琶法师讲述《平家物语》，其声音仍会模仿生佛的关东方言。

---

①信浓前司行长：前司意为前任国司，国司为朝廷派往各国赴任的地方官。即行长曾为信浓国之国司。

②新乐府：白乐天《白氏文集》中之新乐府。

③《平家物语》：传为日本信浓前司行长创作的长篇小说，成书于十三世纪。作品主要讲述以平清盛为首的平氏家族的故事。

第二二七段

　　《六时礼赞》①乃净土宗法然上人的弟子安乐收集的经文，供修行者使用。后来，广隆寺的僧人太秦善观房②为此书加乐谱，将其作为声明③，这便是"一念义念佛"的起源。诵经始于后嵯峨院④时代，诵《法事赞》⑤亦始创于太秦善观房。

---

　　①《六时礼赞》：将一日分为晨朝、日中、日没、初夜、中夜、后夜，诵读净土往生的赞文，以及做礼拜的方式，亦称《往生礼赞》。

　　②太秦善观房：太秦，京都太秦的广隆寺。善观房，广隆寺的僧人。

---

③声明：用有节奏的美妙之声唱诵经文，印度声乐的一种。

④后嵯峨院：后嵯峨天皇让位后的称呼。

⑤《法事赞》：唐代高僧善导所著《转经行道愿往生净土法事赞》的略称，记载了净土转经行道的仪则。

第二二八段

据说千本①释迦念佛，于文永②年间，由如轮上人③创始。

---

①千本：位于京都市上京区千本的瑞应山大报恩寺。该寺院由《大方便佛报恩经》而得名，原隶属天台宗，现属真言宗智山派。

②文永（1264—1275）：龟山天皇、后宇多天皇的年号。

③如轮上人：摄政内大臣藤原师家（1172—1238）之子，大报恩寺长老，名澄空。如轮，亦写作如琳，是其房号。

第二二九段

出色的手工艺师，皆使用钝刀，譬如妙观①的刻刀就不锋利。

---

①妙观：曾雕刻过大阪府摄津胜尾寺观音菩萨像及四大天王像的人。

第二三〇段

有人说五条皇宫曾经闹鬼。据藤大纳言①说，宫廷官员在黑户御所对弈时，似乎有人挑帘向内窥视。官员回头，见一只狐狸端坐眼前，像人一样，于是大喊一声，狐狸仓皇逃遁。

据说那是未修炼成精的狐狸，企图装扮成人，但未成功。

① 藤大纳言：藤原为世（1250—1338），藤原为氏（1222—1286）之子，曾在歌坛上与京极派对立，还作为大觉寺的歌道大师与持明院统对立。经参议、权中纳言、权大纳言，官至民部卿。嘉历四年（1329）出家，法名明释。

第二三一段

　　园别当入道①基氏卿乃一流厨师，其烹饪技术精湛，无人能与之匹敌。一日，某人带来一条上乘的鲤鱼，欲与众人一睹别当入道的烹饪技术，但又感难以启齿。见其犹豫不决，别当入道便说："本人剖鲤鱼，已连续百日，今日岂有不剖之理？收下便是。"于是，当众将鲤鱼剖开烹饪。入道善解人意，风趣幽默，众人无不钦佩。

　　有人将此事告知北山太政入道，入道曰："若无人剖开，交与本人便是！如此说，本来更妥，何必非说剖鲤鱼已连续百日？"他认为北山太政入道所言合乎情理，又将此事告知于我，我感有趣。刻意编造佳话，故弄玄虚，莫如朴实自然，即使无聊也罢。招待来访客人，选择时机固然重要，但自然随性更好。就像赠物与人，无须强调理由，只说"把这个送给你"，会让对方感到诚意。故意表示惋惜，使对方有所期待，或打赌输给对方，便将罪责转嫁于物，如此言行，令人不快。

---

①园别当入道：旧注中一致认为是藤原基氏（1211—1282）。宽喜三年（1231）任参议，后兼任右兵卫督、检非违使别当，天福二年（1234）辞任出家。新注《通释》中则认为是藤原基氏之孙基藤。

第二三二段

　　人表现得无知无能最好！某人仪表不凡，相貌堂堂。某日，当着父亲面，与别人交谈时，频繁援引史书文句，让人觉得博学聪慧的同时，感到此人在故意炫耀才华，令人生厌。

　　另有一次，我于某人家听盲人法师弹琵琶说书时，不巧一琵琶柱脱落，法师吩咐左右重做。此时，身边的某男子问道："可有旧勺柄？"人们将目光投向他。那男子气度不凡，手蓄长指甲，观其貌，便知平日常弹乐器。然而，其方法并不适用于盲人法师弹奏的琵琶，如此询问，只为炫耀自己精通此道而已。周围有人告诉他："勺柄乃丝柏木所做，不适于琵琶柱。"虽是小事，年少者却有时表现得睿智，有时亦会暴露其拙劣。

第二三三段

　　无论何事，要做得尽善尽美，毫无纰漏，关键要以诚相待。无论何人，皆平等对待，讲究礼节，不多嘴多舌。男女老少，只要持此态度，可谓品格高尚。年轻貌美者，言谈得体，会令人难忘，感其人格魅力。所有过失，皆因以内行自居，趾高气扬，目中无人。

第二三四段

.

　　当有人问及某事，被问者觉得如此小事，对方不会不知，若如实回答，未免有些无聊，若含糊其词，会招致对方困惑，亦非本人所愿。有时，或许对方熟悉此事，只为详细了解才问。有时，或许对方确实不了解，予以明确答复，方感稳妥可靠。

　　对于本人熟悉、别人未知之事，若只说："关于此事，某人的表现，令人无语。"会马上有人追问："究竟发生了何事？"此亦令人不快。即使是世间旧闻，亦会有人漏听，最佳做法，便是坦诚相告。

　　涉世不深者常遇此类事。

第二三五段

　　有人居住的宅院，无关者不会随心所欲地闯入；无人居住的家园，过路人亦会肆无忌惮地进入，狐狸、猫头鹰等动物会毫无戒备地栖息，树精等怪物会无所顾忌地现形。

　　镜无色无像，物皆可映现；镜有色有像，物无法映现。虚空可容物，心生杂念，是因心无主体。心有主体，便无杂念困扰。

第二三六段

丹波国有地名曰出云^①，此乃志田某人管辖领地，此处神社模仿出云大社，建造得宏伟壮观。某年秋，神社主人召集圣海上人^②等众人，说："诸位同去参拜出云神社，届时品尝当地有名的牡丹饼。"在其盛情邀请下，众人参拜了神社，加深了信仰。

在神殿前，圣海上人见石雕狮子与狛犬背对而立，不禁热泪盈眶，感慨道："此狮立姿真是绝妙无比，想必其中定有缘由。诸位目睹此情景，会感到不枉此行吧？"闻上人之言，众人亦皆感神奇，随声附和道："此处的狮子，的确与众不同，回京都后，当作为此次出游见闻。"闻众人所言，上人越发想知道其中缘由，于是请教神社内悉知内情的年迈神官，没想到神官竟不以为意地说："此乃淘气少年所为。"言毕，上前

将石雕移回原位，便拂手而去。上人自作多情，白白
流了眼泪。

---

①出云：今京都府龟冈市出云，这里有出云大社。

②圣海上人：生平不详。

第二三七段

　　在柳筥^①中放置物品，是横放还是竖放，因物而异。三条右大臣^②曰："成卷书画以竖放为准，用纸捻穿过柳条间打结。笔砚亦适合竖放，以防笔自砚台滚落。"然而，在勘解由小路家^③，书法家从不竖放笔砚，总是横放。

---

　　①柳筥：又称柳箱。用柳木制成，用来放置书籍、笔砚等。

　　②三条右大臣：生平不详。《拾遗抄》中有提及三条实亲，但三条家并无担任右大臣者。

　　③勘解由小路家：世尊寺家，藤原行成子孙之家。

第二三八段

天皇的近侍近友，曾写过七条自赞，皆为马术相关琐事。仿此先例，我亦做自赞七条：

一、与众人赏花漫步在最胜光院①附近，见某男策马奔驰，于是我断言："此人若再纵马疾驰，将会人仰马翻，不信等着瞧。"众人止步观望，男子果然再度策马奔驰，即将停下时，拉缰失手，马倒人落，跌入泥潭。不幸被我言中，众人感叹不已。

二、当今天皇还是太子时，御所在万里小路殿。某日，我因事拜访堀川大纳言②时，大纳言正翻阅《论语》第四、五、六卷，见我便说："太子欲读与'恶紫之夺朱也'一句有关的章段，然而查阅手边书籍，未能找到此句，便令吾查询。"我说此句在《论语》第九卷某页。大纳言闻之大喜，很快找到相关章段，呈报太子。

　　世间有很多小事，即使儿童亦能办到，然而，如此琐事，古人亦自我炫耀。后鸟羽院向歌坛泰斗定家卿③请教，说在自咏歌中，将"袖"与"袂"写入同一首，不知妥否。定家回答："古歌中有先例，如'狗尾草之穗，如秋野之袂，随风摇摆之姿，若恋人之袖'。因此，将两字用于同一首歌，无任何不妥。"如此小事，定家竟小题大做，将其记录下来，并说："足下询问时，本人恰好记得此歌，此乃歌道护神保佑，亦是本人好运。"九条相国伊通公在官位申请中，亦写入一些无关琐事并自赞。

　　三、常在光院④悬钟的铭文乃在兼卿⑤之作，行房朝臣⑥誊写。为笔迹铸模时，负责此事的入道将铭文手稿交与我过目，其中有"花外送夕，声闻百里"一句。我答："'百里'二字不妥，因铭文依据阳平唐韵而书。"入道说："幸亏请足下过目，此为我之功劳。"入道将草稿有错一事转告在兼卿，在兼卿回复道："的确有错，应将'百里'改为'数行'。"只是"数行"一词，其意模糊不清，或是"数步"之意。我说："'数行'欠妥。因'数'指四五，即离钟四五步远，非远距离，而此句大概意为钟声自远处亦可听见。

四、我与众人寻访比叡山三塔⑦时，在横川常行堂内，见到写有龙华院⑧的旧匾。守堂僧人一本正经地说："写此匾额者，是佐理⑨还是行成，至今尚无定论。"我答道："若是行成之作，则背面有署名，若出自佐理之手，则不会如此。"于是，吩咐左右擦洗匾额背后的污垢，果然发现刻有行成的官职、名字和年号，在场人惊叹不已。

五、道眼于那兰陀寺讲法时，忘记了八灾⑩之名，便问在场的弟子，弟子无人能答，我起身一一列举，众人无不钦佩。

六、我陪同贤助僧正⑪参加散香仪式。仪式未结束，僧正便退出。至场外，却见少一僧都，于是吩咐众法师寻找，很久，众法师返回，说与僧都打扮相同的人多，难以寻找。贤助僧正面露难色，吩咐我去找寻，我挤入人群，很快将失散僧都带出来。

七、二月十五日晚，明月当空，夜深人静时，我赴千本释迦堂听法事。进入法堂后，自众人背后，蒙面悄悄入座。听讲时，姿色气质俱佳的某女子，拨开人群，悄然来到我身旁，背靠而坐。女子身上散发的香气，几乎令我窒息。我感难为情，便向后退，然女子步步紧逼，我无奈继续后退，最后索性离席而去。

事后，侍奉皇宫多年的某侍女与我闲聊时说：有人鄙视汝，言汝迟钝迂腐，不解男女情调，恨汝冷漠无情。"我感到莫名其妙。后来得知，那夜于千本释迦堂听法时，在贵宾席的某人发现我，便将某侍女精心打扮一番，派其上前与我搭话，并让侍女回去后，告知我的反应，以此寻开心。

---

①最胜光院：承安三年（1173）十月，后白河天皇的皇后建春门院发愿建成的寺院，极其宏伟壮观，嘉禄二年（1226）被烧毁，变为废墟。

②堀川大纳言：新注《通释》中认为是源具亲，元亨三年（1323）任权大纳言，北朝历应二年（1339）任内大臣。

③定家卿：藤原定家，参见第一三九段注。

④常在光院：曾在京都市东山区知恩院镇守社边，京都五山诸老有道德学问者，退隐后必住此寺院，并

以此为荣。此寺院今已不存。

⑤在兼卿：菅原在兼（1249—1321），经文章博士、左大辨，官至勘解由长官民部卿，于元应三年（1321）任参议。

⑥行房朝臣：藤原行房（？—1337），勘解由小路二品禅门经尹之子，历任大膳大夫、右京大夫、修理大夫、藏人头、左近卫中将等，著名书法家。

⑦三塔：亦称三院，指比叡山延历寺内的东塔、西塔、横川。

⑧龙华院：寺院，具体不详。

⑨佐理：藤原佐理（944—998），著名书法家。

⑩八灾：扰乱人心、阻碍禅定的忧、苦、喜、乐、寻、伺、出息、入息，亦称八灾患。

⑪贤助僧正：太政大臣洞院公守之子，左大臣洞院实泰之弟。

第二三九段

　　农历八月十五日、九月十三日称为娄宿①。此二日晴朗无云，乃赏月之良宵。

---

　　①娄宿：在中国古代天文学中，周天星座被分为二十八宿，四方各七宿，娄宿为西方第二宿。

第二四〇段

欲幽会，却担忧被察觉；欲趁夜色逃离，却被严加看管。于是孤注一掷，为与心上人相逢而不顾一切。如此为爱而激情奔放、煞费苦心，自然多有感人的回忆。而经家人许可、明媒正娶的婚姻，对女人而言，却总有难言之隐。

人生在世，皆为生存而奔波。苦于贫寒的女子，只因男方出身富贵，便不管是年迈的老法师，还是粗野的乡下人，都心甘情愿嫁给他。媒人活跃其间，极力鼓吹彼此长处，百般撮合。其结果，男方将素不相识的女子娶回家，说来无聊至极。

如此结识的男女，初次见面时，究竟有何话可说？唯有倾诉久别的相思，感慨为爱而经历的诸多磨难，方有说不尽的话题。经人撮合的婚姻，彼此有隔阂，关系难融洽。出身卑贱、年迈丑陋的男子，若娶了年轻貌美的女子，想必内心会有难言的自卑，以为对方不会甘心为自己奉献一生。两人相对而坐时，男子会自惭形秽，如此婚姻，何谈幸福？

梅花飘香、月色朦胧之夜，为见心上人，久久徘徊于其宅前，任凭夜露沾湿衣裳。拂晓时分，头顶残月，孤独地走在返家途中……若无类似经历，最好不谈情说爱。

第二四一段

十五的月亮，看似很圆，实则不断变化，不久将由盈转亏，不仔细观察，很难察觉。身患疾病者，其病情恶化亦如此。病未加重，死亡未来临之时，一切如故，每日安稳生活。幻想有生之年，诸愿得以实现，然后静心修行佛道。然而当死神逼近，行将离世时，恍然察觉到还一事无成，于是痛悔多年的疏忽与懈怠，若病情好转，健康恢复，定要珍惜时光，夜以继日，发奋努力。若病情加重，便在无奈中含恨而死，世人皆如此，须铭记于心。欲实现夙愿后再修行佛道，乃痴人说梦。愿望无止境，在梦幻般的人生中，所愿皆为妄想。若心生欲念，即可认为妄想乱心，及时弃之而修行，如此不会徒劳无益，身心方得清静。

第二四二段

　　人受制于逆境及顺境，皆因一味避苦寻乐。

　　所谓的乐，即热衷于本人的爱好。寻乐无止境，世人追求乐，一为名誉，二为色欲，三为食欲。其中，名誉包含品行和才学。人有诸多欲望，此三乐最迫切。此三乐皆源于对事理的本末颠倒，伴随诸多苦恼，不宜刻意追求。

第二四三段

　　我八岁时，曾问父亲："佛究竟为何？"父亲回答："佛乃人修行化身。"我又问："人如何修行才能成佛？"父亲解释道："聆听佛之教诲。"我继续发问："佛聆听谁人教诲而成？"父亲回答："乃聆听佛祖教诲成佛。"我仍追问不止："最初，佛如何而来？"父亲苦笑而答："大概自天而降，或从地下冒出。"

　　事后，父亲逢人便谈及此事，坦言自己被追问得哑口无言。